U0454612

国家出版基金项目
NATIONAL PUBLICATION FOUNDATION

★ 科学的天街丛书

云帆济沧海

丛书主编/陈 梅　陈仁政

本书编著/陈 雪

——科学机遇故事

四川科学技术出版社

图书在版编目（CIP）数据

云帆济沧海：科学机遇故事／陈雪编著. －－ 成都：
四川科学技术出版社，2019.1（2024.12 重印）

（科学的天街/陈梅　陈仁政主编）

ISBN 978 - 7 - 5364 - 9359 - 9

Ⅰ. ①云… Ⅱ. ①陈… Ⅲ. ①科学故事 - 作品集 - 中
国 - 当代 Ⅳ. ①I247. 81

中国版本图书馆 CIP 数据核字（2019）第 018935 号

云帆济沧海——科学机遇故事

YUNFAN JI CANGHAI——KEXUE JIYU GUSHI

丛书主编　陈　梅　陈仁政

本书编著　陈　雪

出 品 人　程佳月
选题策划　肖　伊　陈敦和　郑　尧
责任编辑　文景茹
营销策划　程东宇　李　卫
封面设计　小月艺工坊
责任出版　欧晓春
出版发行　四川科学技术出版社

成品尺寸　160mm × 240mm
印　　张　14.75　字数200 千
印　　刷　天津旭丰源印刷有限公司
版　　次　2019 年 1 月第 1 版
印　　次　2024 年 12 月第 6 次印刷
定　　价　49.80 元
ISBN 978 - 7 - 5364 - 9359 - 9

邮购：成都市锦江区三色路 238 号新华之星 A 座 25 层　邮政编码：610023
电话：028 -86361770

科学的天街丛书
编 委 会

 目　　录

生日盛宴上的发现——"绰号"最多的定理 …………………………… 1

奇妙的三角形——贾宪三角形 ………………………………………… 7

梦中苍蝇"带路"之后——笛卡儿发明解析几何 ………………… 11

玉米叶上的秘密——有趣的梅比乌斯带 …………………………… 16

从寺院闹鬼到桥毁人亡——共振效应引灾发难 …………………… 18

教堂吊灯的秘密——伽利略发现单摆规律 ………………………… 23

水为什么抽不高——大气压的发现 ………………………………… 27

孩子游戏的启示——卡文迪许测定万有引力恒量 ………………… 32

静脉血为什么更红——医生发现能量守恒定律 …………………… 36

罗素偶见"河上奇观"——离奇水波引出"孤立子" …………… 39

十年面壁和八年破壁——狭义与广义相对论的诞生 ……………… 44

桥断和船裂之后——断裂力学的诞生 ……………………………… 48

飞机失事引出新学科——疲劳力学的诞生 ……………………… 53

从傅科摆到澡盆漩涡——科氏力如此"直观" ………………… 56

解决声音浑浊之后——赛宾奠基建筑声学 …………………… 61

一箭双雕的发现——"热质"与"燃素"的覆灭 ………………… 64

它们为何"顽固不化"——气体临界点的发现 ………………… 68

物质是否都有"生命"——布朗运动的发现 …………………… 72

"鬼怪"挑战热力学——姆潘巴效应之谜 ……………………… 76

光线为啥一变为二——神奇的双折射现象 …………………… 81

波长为何增大——康普顿效应的发现 ………………………… 85

旅途看海之后——拉曼效应的发现 …………………………… 89

"打开黑暗的大门"——奥斯特发现"电生磁" ………………… 95

意外火花的启示——亨利发现"自感"现象 …………………… 99

十年的"NO"刹那变"YES"——法拉第发现"磁生电" …… 102

"科学史上最激动人心的事件之一"——赫兹发现电磁波 … 107

大火烧出来的"隐士"——短波通信的发现 ………………… 110

黑暗中的胶片为何感光——贝克勒尔发现放射性 ………… 115

光照射金属生电子——外光电效应的发现 ………………… 120

新的"炼金术"——卢瑟福发现人工核反应 …………… 124

诗意般的金鱼池实验——慢中子效应的发现 …………… 127

算出的"新崂山道士"——约瑟夫森效应 …………… 131

大炮报废和飞机失事——"氢脆"的发现 …………… 137

紫罗兰为何不艳丽——二氧化硫漂白作用的发现 …………… 141

看魔术引出的发现——卡文迪许破译水的组成 …………… 144

葡萄酒为何变酸——催化作用的发现 …………… 147

铁棒猛撞铁锅之后——李比希改进柏林蓝生产法 …………… 152

失误中"捡"来的大奖——田中倒错甘油之后 …………… 155

家燕为何来回飞——补鞋匠揭开候鸟迁徙之谜 …………… 158

啤酒变质之后——巴斯德发明消毒法 …………… 163

不速之客樗蚕蛾——朱洗引种蓖麻蚕 …………… 165

儿童游戏的启发——哈维创立血液循环说 …………… 168

救人引出的发明——孙思邈治脚气病、夜盲病 …………… 172

蓝袜子与红蓝袜子——道尔顿发现色盲病 …………… 178

瘟神绝迹仅此一例——无私詹纳征服天花 …………… 181

尘埃和水草的启示——李斯特发明石碳酸消毒法 …………… 188

适量光照会有益——芬森发明光线治疗法 ……………… 192

输血致死之后——兰茨坦纳发现人类血型 ……………… 195

冷水洗耳为何眩晕——巴拉尼测定平衡功能 ……………… 201

两个鸡蛋打破骡马粪结——李留栓"捶结"治结症 ……… 204

从治癫痫病开始——"大脑半球分工"的发现 …………… 207

偶然发现"噪声"之后——射电天文学这样诞生 ………… 210

哈气与冰晶——"耕云播雨"朗缪尔 ……………………… 213

"圣婴"为何酿灾——洛伦茨发现"蝴蝶效应" ………… 219

游雁荡山的发现——险峰耸立源于流水侵蚀 …………… 225

生日盛宴上的发现
——"绰号"最多的定理

宴会上，来宾们频频举杯，祝福朋友生日快乐，高谈阔论。但是，一位学者却低头看着地板上铺的花砖出神。看着看着，他突然好像发现了什么，立即弯下腰去，在花砖地板上写下一些数字并运算起来——竟忘了自己是来这里做客的。见到此情此景，其他客人都向他投来惊奇的目光。

这是公元前 6 世纪发生在古希腊的一家人生日宴会上的情景。

那么，这位学者是谁，地板上有什么奥秘这样吸引他的眼球，他为什么要忘了身份、不合潮流地去看地板发呆、做数学运算呢？

这位学者，就是古希腊哲学家、数学家毕达哥拉斯（约公元前 580 — 前 500）。他是一位痴迷于科学的人，除了讨论科学，很少讨论其他问题，很不喜欢"凑热闹"。

毕达哥拉斯

一天，毕达哥拉斯的一位朋友过生日，尽管他并不想去这种热闹的场合，但出于礼节，最终还是去了，于是就出现了故事开头的一幕。

毕达哥拉斯朋友家装饰的花砖黑白相间，是有规律地排列着的、每一块都相同的等腰直角三角形（如图1，共36个）——这就是吸引他眼球的原因。正是，樽前喧嚣，挡不住他闹中取静的"数学歌谣"。

那么，毕达哥拉斯在算什么呢？在唱什么"数学歌谣"呢？

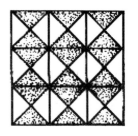

图 1　黑白相间的花砖

原来，他发现（见图 2）：左边以 a 为边的正方形的面积（对应于图 1 中的 4 个小等腰直角三角形），正好等于以 b 为边的正方形的面积（对应于图 1 中的 2 个小等腰直角三角形），加上以 c 为边的正方形（也对应图 1 中的 2 个小等腰直角三角形）的面积之和；而 a、b、c 则正好分别是直角三角形 ABC 的斜边和两条直角边。也就是说，在直角三角形 ABC 中，有 $a^2 = b^2 + c^2$ 的关系。此外，在图 2 右边的图形中，也有类似的关系。

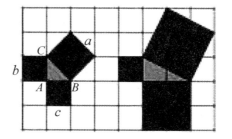

图 2　地板上的毕达哥拉斯定理

图 2 中的 △ABC 是一个特殊的直角三角形——等腰直角三角形。那么，任意直角三角形有没有这样的关系式呢？经过一番研究之后，毕达哥拉斯也得到 $a^2 = b^2 + c^2$ 的结果。这就是他独立发现的"毕达哥拉斯定理"：直角三角形斜边的平方等于两直角边平方之和。中国人也发现了这个定理，称之为"勾股定理"。

俗话说："处处留心皆学问。"此话的确不假。一个留名千古的定理——毕达哥拉斯定理，就在一次盛宴之后，被毕达哥拉斯抓住机遇发现了。

毕达哥拉斯对自己发现的定理曾经加以证明。但遗憾的是，他的证法已经失传。

有趣的是，勾股定理也许是数学上证法最多的定理，有人估计证法超过 500 种。活了 88 岁的"米寿老翁"——美国教师、数学家、作家、家谱学家与工程师埃利沙·斯科特·卢米斯（1852—1940），从1907 年开始收集、整理、编译，于 1927 年首次出版的《毕达哥拉斯定理》（初名 *Pythagorean Theorem*，后名 *The Pythagorean Proposition*），在1940年的第二版中就记载了367种（1927年时为344种）证法。

卢米斯和"毕氏定理"1968年版封面

在这么多的证法中，古希腊数学家欧几里得（约公元前330—前275），在他的名著《几何原本》的第一卷命题47中，给出了有文献确凿记载的西方最早的证明。这一证明成为近两千年来几何教科书中的通用证法。他用的图形很有趣，被称为"新娘的轿椅"（有人称之为"修士的头巾"）。他的证法的要点如下：

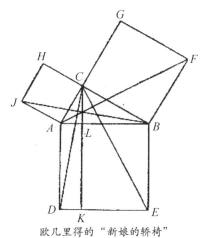

欧几里得的"新娘的轿椅"

$(AC)^2 = 2 \triangle JAB = 2 \triangle CAD = $ 矩形 $ADKL$；

同理，$(BC)^2 = 2 \triangle JAB = 2 \triangle CAD = $ 矩形 $BEKL$；

所以，$(AC)^2 + (BC)^2 = $ 矩形 $ADKL + $ 矩形 $BEKL = (AB)^2$。

不过，最早掌握并证明勾股定理的可能是巴比伦人。在森凯勒（Senkereh，位于今伊拉克南部）发现的，后来编号为"普林顿322"的泥版书上，刻有15组勾股数。

乔治·亚瑟·普林顿（1855—1936）是纽约出版商，慈善家。1922年左右，他从埃德加·詹姆斯·班克斯（1866—1945）手中，以10美元购买了"普林顿322"。班克斯是一位美国外交官、古董经销商和小说家。他从1898年起担任美国驻巴格达领事；大约1903年，班克斯在伊拉克南部古城拉尔萨（Larsa）附近森凯勒一带的考古发掘中，收集到了"普林顿322"。

"普林顿322"是巴比伦王国时期大约公元前1900—前1600年的作品，长、宽、高分别约13厘米、9厘米、2厘米（有部分破碎），现存于纽约哥伦比亚大学的巴特勒图书馆（Butler Library）。普林顿在1936年去世前不久，捐出

普林顿 　　　　班克斯

了"普林顿322"，以及西方最早印刷的数学书——1482年在世界上首次以印刷本（在意大利威尼斯印刷）形式出现的欧几里得《几何原本》（Elements of Geometry）等大量珍贵藏品。

证明勾股定理历来使人着迷，以至于有9位美国总统加入这个证明的队伍。有的还给出了独具特色的证法，其中包括林肯（1809—1865）和加菲尔德（1831—1881）。此外，从意大利科学家达·芬奇（1452—1519）到英国趣味数学家杜德尼

"普林顿322"泥版书

（1875—1930），都对它有浓厚的兴趣，而且各自有独树一帜的证法。

勾股定理也是"绰号"最多的一个定理。

也许，现代人难以理解这么简单的定理被发现后，毕达哥拉斯学派竟欣喜若狂地宰杀100头牛来祭祀希腊神话中的女神缪斯，表示对自己的发现加以庆贺。"百牛定理"，就是继毕达哥拉斯定理、勾股定理、"新娘的轿椅"和"修士的头巾"之后的第五个绰号。

中国古书《周髀算经》，叙述了公元前11世纪周公姬旦与商高（两者分别为西周政治家和数学家）的对话。对话中明确了"勾三股四

弦五"的关系，所以在中国又被称为"商高定理"或勾股定理。因为约公元前7世纪的陈子是《周髀算经》的作者（有人认为作者是陈子的弟子荣方——荣方托他老师陈子之名），所以又称"陈子定理"。不过，商高并没有给出一般情况证明，陈子则提出了普遍的定理。这样，商高定理和陈子定理就成为第六和第七个绰号。

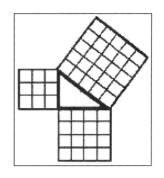

勾三股四弦五：$3^2 + 4^2 = 5^2$

在中世纪时，欧洲的数学水平很低，学生初学《几何原本》中"等腰三角形两底角相等……"这个命题的时候，一时很难领会，所以，人们就戏称这个定理为"驴桥"，意思是"笨蛋的难关"——驴是蠢笨的动物；桥，难关。驴桥的另一种解释是，证明这个命题的时候所画的图像一座高桥，只有脚步稳健的驴才过得去。后来，"驴桥定理"就成为勾股定理第八个绰号。在比利时和法国，也多用这个名称。

由于勾股定理涉及3个数的平方，所以有的西方人将它称为"三平方定理"，这是第九个绰号。

该定理被称为勾股定理的原因是，中国古代把两条直角边中短的称为"勾"，长的称为"股"，而斜边则称为"弦"。所以也有人称之为"勾股弦定理"，这是第十个绰号。

此外，中世纪的阿拉伯人和印度人还因为证明勾股定理的时候用的图形的形状等原因，给它取了第十一到第十三个绰号："飞虫""风车"和"新娘图"。

纪念发现毕达哥拉斯定理的邮票，1955年8月20日希腊发行

由于勾股定理推理严密，应用广泛，所以一些人称它为"宇宙大定理"。古印度人、古希腊人都把它作为选择女婿的标准，所以当时称它为"结婚

定理"。于是，它有了第十四和第十五个绰号。

为科学定理取绰号，并不仅限于勾股定理。数学家们也是有血有肉的、生活丰富多彩的人，他们中也不乏机智、诙谐之人。因此，在数学史上，为数学定理、公式等取上美妙绰号的事例屡见不鲜。公元前 4 世纪，古希腊数学家西马里达斯（Thymaridas）给出的一个著名法则被称为"西马里达斯之花"。美国数学家卡西乌斯·杰克森·凯塞尔（1862—1947）称欧几里得的第五公设（即平行公设）为"英勇的斗士"，而法国数学家达朗贝尔（1717—1783）则称它为"几何学中的家丑"。德国数学家希尔伯特（1862—1943）将法国数学家费马（1601—1665）猜想的费马大定理，称为"下金蛋的母鸡"。德国数学家高斯（1777—1855）则把二次互反律称为"算术中的宝石"。德国天文学、数学家开普勒（1571—1630）称"黄金分割"为"神圣分割"。为了纪念意大利女数学家阿妮丝（1718—1794），人们把她发现的、由方程式 $y(x^2 + a^2) = a^2$ 所代表的平面曲线，称为"阿妮丝卷发"。

纪念发现毕达哥拉斯定理的邮票，1971 年 5 月 15 日尼加拉瓜发行

德国数学家克罗内克（1832—1891）则把他的一个数学猜想称为"青春之梦"。

开普勒认为，数学有两个灵魂，一个是勾股定理，另一个是黄金分割。持类似看法的不只是他一个人。

勾股定理是一个应用广泛的定理，它是数学史甚至科学史上最重大的发现之一。1971 年，尼加拉瓜发行了 10 枚一套的纪念邮票，主题是世界上最重要的 10 个公式，其中一张就印有勾股定理。

"聪明的人造就机会多于找到机会。"毕达哥拉斯的这个故事，充分诠释了英国哲学家弗朗西斯·培根（1561—1626）的这句名言。

奇妙的三角形
——贾宪三角形

你见过图1中由数字排列成的三角形吗？它叫什么名字，又是干什么用的？

在中国，它有"贾宪三角形"等名称，在西方则叫"帕斯卡三角形"。用它，人们可以方便地算出二项式 $(a+b)^n$（n 是自然数）的展开式各项的系数——"二项式系数"。例如，要展开 $(a+b)^3$，那么，看第 4 排就可以了：$(a+b)^3 = a^3 + 3a^2b + 3ab^2 + b^3$。

那为什么这个三角形在东西方有不同的名字呢？这还得从头说起。

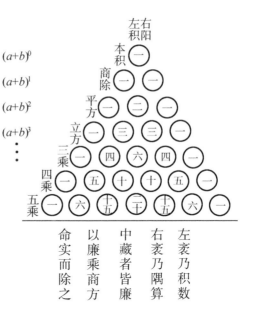

图1 贾宪三角形

法国物理学家、数学家帕斯卡（1623—1662）是一位数学神童。他在 16 岁，即 1639 年 6 月的时候，就发现了著名的"帕斯卡六边形定理"：内接于一个二次曲线的六边形——"神秘六边形"的三双对边的交点必在同一直线上。

1654 年，帕斯卡把二项式 $(a+b)^n$ 展开式的各系数排出来，研究

其中 n 为不同自然数的时候各项系数的关系。此时,他突然发现,图1下面一排的系数等于上面一排中相邻的两个系数之和。当然,帕斯卡图形的原始形状并不是图1,而是图2那样——但实质是一样的。他自己把它称为"算术三角形"——西方人称为帕斯卡三角形。于是,他在1654年印刷

	1	2	3	4	5	6	7	8	9	10
1	1	1	1	1	1	1	1	1	1	1
2	1	2	3	4	5	6	7	8	9	横列
3	1	3	6	10	15	21	28	36	纵列	
4	1	4	10	20	35	56	84			
5	1	5	15	35	70	126				
6	1	6	10	10	126					
7	1	7	28	84						
8	1	8	36							
9	1	9								
	1									

图2 帕斯卡三角形

了一篇题为"论算术三角形,以及另外一些小问题"的论文,但没有正式发表。不过,他的个别的朋友已经看到,例如法国数学家费马在1654年8月29日之前,就收到过这篇论文。直到帕斯卡死后3年,他的这篇论文才于1665年在巴黎正式发表。

不过,在欧洲,早在帕斯卡之前,许多人就知道帕斯卡三角形了。

最早公开发表这个三角形的,是德国数学家阿皮安努斯(1495—1552)。他于1527年在因戈尔施塔特(Ingolstadt)出版的一本算术书的内封页上,就有这个三角形图——到 $n = 9$ 为止。

比阿皮安努斯更早的发现者是尼莫尔·德·约丹努斯(活跃在13世纪)。他在大约于1220年写成的《算术》一书中,就对这个三角形的构造方法作了清楚的说明。

阿皮安努斯于1527年出版的算术书内封页

在阿皮安努斯和帕斯卡之间的100来年,还有不少人研究过这个三角形。两位德国数学家斯蒂菲尔(约1487—1567,二项式系数这个名词就是他首先创立的)在他于1544年写的《整数算术》一书中,约

翰·朔伊贝尔（1494—1570）在他于 1545 年写的《算术》一书中，也记有相似的三角形。

上述三角形都流传不广，以至于意大利数学家塔塔里亚（约 1500—1557）在得到这个三角形的时候，还以为自己是先行者。与他同时代的另一位意大利数学家卡尔丹（1501—1576）也得到同样的三角形。法国数学家佩尔蒂埃（1517—1582）、意大利数学家邦别利（约 1526—1572）、英国数学家奥特雷德（1574—1660）等，都在帕斯卡之前得到过这个三角形。

在阿拉伯，大约在 1020 年前后活跃在巴格达的数学家阿尔－卡拉吉（al－Karaji），和其后的阿尔－卡西（al－Kashi，？—1429）也分别于 11 世纪和 1427 年的《算术之钥》中得到这个三角形。

杨辉

在中国，朱世杰（13—14 世纪）于 1303 年在他的数学巨著《四元玉鉴》中，已记载有这个三角形。比他更早记载这个三角形的，是大约生活在 13 世纪的南宋杰出数学家杨辉。他在 1261 年所写的《详解九章算法》一书中，就记载有这种图形，并且自己注明"出释锁算书，贾宪用此术"。由于《释锁算书》早已失传，刊行年代和作者是不是大约生活在 11 世纪的贾宪，也就无从考察。杨辉的著作中记有贾宪的"开方作法本源"图，就是当 $n=6$ 的前述图 1，所以，人们就把它称为"贾宪三角形"或"杨辉三角形"。此外，明朝数学家吴敬（约 15 世纪）于 1450 年、明代数学家周述学（约 16 世纪）于 1558 年、明代数学家程大位（1533—1593）于 1592 年，也重述过这个三角形。

从以上记载来看，中国在约 11 世纪即比帕斯卡早 400 多年就发现了这个三角形。那么，最早的发现者是谁呢？美国学者坦普尔在《中国：发明与发现的国度——中国科学技术史精华》一书中说：它是在刘汝锴《如积释锁》一书中最早出现的，而这本书现已失传，它要比帕斯卡三角形在欧洲出现早 427 年。刘汝锴是宋代 12—13 世纪的人。于是，我们可以得到以下结论：阿拉伯的阿尔－卡拉吉和中国贾宪、刘汝锴是这个三角形的最早发现者。

那么，当 $(a+b)^n$ 中的 n 不是自然数的时候，又怎么展开呢？直到 1669 年，牛顿才解决这个问题，所以人们把他的有关发现称为"牛顿二项式定理"。

$(a+b+c)^0$					1				
$(a+b+c)^1$				1	1	1			
$(a+b+c)^2$			1	2	3	2	1		
$(a+b+c)^3$		1	3	6	7	6	3	1	
$(a+b+c)^4$	1	4	10	16	19	16	10	4	1

图 3　数三角

后来，人们又发现了如图 3 右边所示的"数三角"。它的每一行，除了两端都是 1，其余每一个数都等于它"头"上及两"肩"上的三个数之和（如果一肩上无数，则用 0 补充）。用这个数三角，就可以帮助我们展开样子像 $(a+b+c)^n$ 的式子。

梦中苍蝇"带路"之后
——笛卡儿发明解析几何

"布告上写了些什么？"一个小伙子好奇地用法语向周围的人打听。

这是 1618 年秋的一天。在建立不久的荷兰共和国南部的布莱达小镇上贴出了一张布告，人们围着布告议论纷纷。于是，惊动了一个正在街上闲逛的士兵——22 岁的法国小伙子。他挤进人群去想看个究竟，可是他看不懂当地的文字，也听不懂人们的话，不知道这里究竟发生了什么事，就这样发问。

没有人回答他。

"小伙子，想知道布告的内容吗？"突然，一个荷兰学者拍了一下他的肩膀。

"当然很想知道，"小伙子急忙回答，"尊敬的先生，可是我看不懂这种文字。"

"唔，很好，我可以告诉你，"学者说，"这是几道数学题，愿意解这几道数学题吗？"

"我很想试试，尊敬的先生，可是我不知道是什么题目啊！"

"好，我说给你听，"学者继续说，"但你以后得把答案告诉我。"

这个学者，是荷兰哲学家、医生兼数学家——当地的多特学院的院长毕克曼（1588—1637）。他明知题目的难度，所以在打量了这个莽撞的士兵之后，就开了这个玩笑。

原来，当地正在开展一项有奖数学竞赛活动——布告上写的就是数学竞赛题。布告上还说，谁解答了上面的这些难题，不仅可以获得一笔奖金，还可以获得"镇上最佳数学家"的桂冠。

第二天一早，年轻的士兵敲响了毕克曼的家门，恭恭敬敬地递上了他的答案。毕克曼漫不经心地接过答卷。不过，他才瞥了一眼，就注意到——看来，这小伙子是懂数学的。等到他看完全部答案，就被震惊了：难题全都解答了——不但全部正确，而且解得简洁明了，有的解法还相当巧妙！

笛卡儿

这个有着如此敏捷的数学思维的年轻士兵，就是法国数学家笛卡儿（1596—1650）。

那么，法国的笛卡儿怎么到荷兰去当兵了呢？原来，笛卡儿从学校毕业以后，根据当时的风气，有两条道路摆在他的面前——要么致力于宗教，要么献身于军队。笛卡儿对宗教不但没有兴趣，还有深深的反感，自然选择了后者。于是，他身着戎装来到了"郁金香开放的国度"，才有了他的这件轶事。

苍蝇飞过，留下各种曲线和直线……

这次有趣的经历对笛卡儿产生了很大的影响。毕克曼作为一名数学教授，打心眼里喜欢这个聪明的法国小伙子。他们成了一对忘年交，经常在一起热烈地讨论数学问题，讨论如何用新方法来处理物理问题。笛卡儿在那里也感到很愉快，同时，他意识到自己擅长数学，便萌生出投身于数学研究的念头。

1619 年圣马丁节前的 11 月 9 日，笛卡儿服役的军队正在多瑙河岸的乌尔姆度假。这天晚上，他迷迷糊糊地进入梦乡之后，做了三个连贯而生动的梦。他梦见自己用金钥匙打开了欧几里得几何宫殿的大门，看见遍地珠子光彩夺目。他拿起一根线刚把珠子串起来的时候，线却断了，珠子撒了一地。突然，这些珠子都不见了，宫殿里顿时空旷如洗。这时，他看见窗前一只苍蝇疾飞，眼前留下了它飞过的踪迹——

各种各样的曲线和直线。这不正是他最近全力研究的曲线么！他呆住了。一会儿，苍蝇停住了，在他眼前留下了一个深深的小黑点……

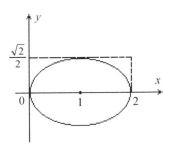

用解析几何的方法把椭圆 $(x-1)^2+2y^2=1$ 画进平面直角坐标系

第二天即 11 月 10 日清晨，笛卡儿从梦中醒来，但是刚才的梦境深刻在他的脑海中，使他难以入睡。今夜无眠的笛卡儿开始了进一步的思索。突然，他领悟出了其中的奥妙：苍蝇的位置不是可以由它到窗框两边的距离来确定么！苍蝇疾飞留下的踪迹不正是说明曲线和直线都可以由点的运动产生么！他兴奋极了。对此，他在回忆录中写道："第二天，我开始懂得这一惊人的发现的基本原理"，"揭示了一门奇

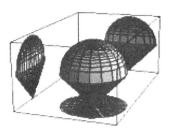

立体解析几何中的图形

特的学科"。虽然笛卡儿并没有清楚地说明这门"奇特的学科"和这项"惊人的发现"究竟是什么，但是我们可以确定，它就是以直角坐标系为基础的解析几何。

启发笛卡儿建立解析几何还有另一种说法。一天清晨，照例晚起的笛卡儿习惯地躺在床上思索。突然，他看见一只苍蝇正在屋角的天花板上爬行。于是他突然想到，如果知道了苍蝇与两个相邻的墙壁的两个距离之间的关系，那么就能够描述苍蝇在天花板上爬过的路线。与此大同小异的另一种说法是把苍蝇换成蜘蛛。

虽然这些笛卡儿抓住机遇建立解析几何的传说都可能是虚构的，但这无关紧要，因为它在数学上很有价值——我们得到了一个解析几何生动直观的例释。

还有一种传说是，笛卡儿梦见长官检查军营时把两支箭搭成一个十字架，这就成了一个直角坐标系，于是他受到启发。所以，有人说："伟大的发现往往是科学征途中的副产品。"

不管怎么说，解析几何是笛卡儿长期研究和思考的产物，是他分析了欧几里得几何学和代数学各自的优缺点，表示要建立一种包含其优点而摒除其缺点的思想的产物。他梦中的灵感，就像俄国作家车尔尼雪夫斯基（1828—1889）所说的那样，是"一个不喜欢拜访懒汉的客人"。他在18年之后回忆起梦中看见苍蝇或蜘蛛的爬行，仅仅是由此受到的一个启发而已——看到苍蝇或蜘蛛爬行的人不可数计，但却没人有如此创举。

《几何学》首页

这正是中国国学大师王国维（1877—1927）在《人间词话》中说的"治学三境界"："独上高楼，望尽天涯路"（确定目标）；"衣带渐宽终不悔，为伊消得人憔悴"（为目标而痴迷）；"众里寻他千百度，蓦然回首，那人却在，灯火阑珊处"（达到目标）。

梦真的能触发灵感吗？是的。

19世纪的荷兰大画家文森特·凡·高（1853—1890）曾经说过："我是在幻梦中想出那些画的。"在20世纪80年代，剑桥大学的英国生态学家哈钦森（G. Evelyn Hutchinson，1903—1991）教授做了大量调查，得知70%以上的学者都曾从梦中得到过灵感。瑞士日内瓦大学的福娄瑙爱教授调查的69个数学家中，有51个回答说"梦能帮助解决问题"。

当然，我们对梦境必须持谨慎态度。"在我们清醒以后，没有弄明白之前，切勿轻信梦境。"德国有机化学家开库勒（1829—1896）曾这样告诫过我们。

1637年，笛卡儿发表了《更好地推导推理和寻求科学真理的方法论》（简称《方法论》）一书，书中三个附录中的最后一个附录——《几何学》标志着解析几何的诞生。

在很大程度上，笛卡儿是从轨迹出发，然后寻找它的方程而建立解析几何的。另一位法国数学家费马（1601—1665）则是从另一角度——从方程出发来研究轨迹，几乎是在同一时期建立解析几何的。这两个出发点，正是解析几何的两个方面。

费马

从古希腊起，西方一直认为几何至高无上，是数学研究的基础——从柏拉图学苑门上所贴着的"不懂几何者不得入内"的告示和欧几里得并不只含几何内容的书叫《几何原本》中，就可得到证明。解析几何的诞生，改变了代数从属于几何的地位，使其居于数学各分支的最前列，成为比几何更基本的学科。几何基本上是研究不变量，代数基本上是研究结构，因此，解析几何的诞生，在数学思想上是一次飞跃和解放，是"数学上的转折点"。其必然结果之一，就是微积分的诞生。

解析几何并不是几何与代数的机械结合，而是它"变换—求解—反演"的方法。它与对数和微积分并称为"最重要的数学方法"。解析几何既是一门新学科，又是一种新方法。

玉米叶上的秘密
——有趣的梅比乌斯带

一个小偷，偷了一位老实农民的东西，被当场抓获。

小偷被送到县衙以后，县官发现小偷正是自己的儿子。这个"父母官"当然要"为民做主"——救出自己的儿子。他想了一个"绝妙"的主意——在一张纸条的正面写上"小偷应当放掉"，在纸的反面写上"农民应当关押"。县官将纸条交给执事官去办理。聪明的执事官接过纸条以后向大家宣布："根据县太爷的命令——放掉农民，关押小偷。"

"乱弹琴！"无法"为民做主"的县官听了，勃然大怒，这样斥责执事官。执事官将纸条捏在手上给县官看——从"应当"二字读起，确实没错。仔细观看字迹，也没有涂改。县官不知其中奥秘，只好自认倒霉。

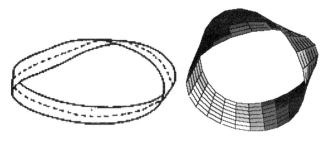

梅比乌斯带上只有一个梅比乌斯曲面

那么，县官的纸条怎么就"摇身一变"了呢？

我们把一条纸带的两端粘起来，就得到一个纸环。这个环有两个曲面——内外各一个。如果把一端翻一个面再与另一端粘起来，你会发现这个纸环只有一个曲面。这就是著名的梅比乌斯曲面，这个环叫梅比乌斯带。研究这种奇妙的曲面的许多性质，是拓扑学的重要内容。例如，让一只蚂蚁在上面爬，它可以不越过任何边界而爬遍纸带上的每一个地方。啊，明白了，执事官接过纸条以后，就把纸条扭了个弯，用手指将两端捏在一起……

一些玉米的叶子自然地扭向一侧

梅比乌斯带不但丰富了拓扑学的内容，而且在工程实践中也有许多应用，如制作循环磁带、电子计算机对纸的两面进行打印、循环计数器、制作零阻抗电阻，等等。

那么，梅比乌斯带是谁首先发明，又是在什么情况下发明的呢？

梅比乌斯

梅比乌斯（1790—1868）是一位德国数学家。1858年的一天，他到野外散步，在田野里看到一片玉米地，玉米的叶子弯曲下垂。他发现一些玉米的叶子自然地扭向一侧，就随便摘下一片，顺着叶子自然扭转的方向把两端对接在一起。此时，他意外地发现，这片玉米叶子折成的环只有一个曲面——他梦寐以求的那种圆环。

梅比乌斯出生在德国的舒尔福特，早年在莱比锡大学求学。1816年起，梅比乌斯开始在莱比锡大学担任天文学教授，后来又到哥廷根大学当过著名的德国数学家高斯（1777—1855）的助手，1844年升任莱比锡天文台台长。梅比乌斯在数学上的主要贡献是在几何学——"保形几何"即"梅比乌斯几何"领域，以及拓扑学领域。此外，他还在1840年最早提出了地图着色的问题，后来演化为著名的"四色定理"——只用四种颜色就可以为地图着色而区别各区域的边界。

从寺院闹鬼到桥毁人亡
——共振效应引灾发难

"闹鬼了！闹鬼了！"一个和尚惊恐万状，边跑边喊。这是在唐朝开元年间（713—742）洛阳一座寺院里的一幕。

那么，这座寺院究竟闹了什么"鬼"呢？

原来，这个"鬼"能"操纵"物体发声——寺内一个没人敲打的磬，突然自己"嗡嗡嗡"地响了起来！

这个样子像瓦钵的磬放在老和尚房里。老和尚每天早晚烧香念经，都要用锤来敲它，发出清脆的"当，当……"声。可是，不知怎么搞的，这次老和尚并没有敲它，它却无缘无故地"自鸣得意"起来。

既然出了"妖魔鬼怪"，和尚们自然会去请降妖捉怪的法师。可是，这次和尚们却失望了——许多法师都没有降住这"妖魔鬼怪"。

中国古代的铁磬

就这样，这个磬时不时地"磬声依旧"，无计可施的老和尚也吓得生了病。

一天，老和尚的老朋友——太乐令（朝廷掌管国家祭祀用乐的官）曹绍夔听说他病得很厉害，就到寺院里去看他。问得病的原因，老和尚就把磬会自己发声的怪事告诉了曹绍夔。曹绍夔很懂音乐，会修理各种乐器。他一面听，一面心里捉摸：这绝不是什么"鬼"在作怪，一定事出有因。

正巧，吃饭的时候到了，小和尚到钟楼里撞起大钟，老和尚房里的磬又响起来了。此时，曹绍夔完全明白了，笑着对老和尚说："我来给你'降妖除鬼'。"老和尚不相信老朋友还有这一手，但看他说得那么肯定，也就"死马当活马医"了。

曹绍夔就从怀里取出一把锉，在磬上这儿锉几下，那儿锉几下。锉了几处之后，就对老和尚说："你放心吧，从此就没有'鬼'了。"

打这以后，磬真就不再自己响了。

"为什么那个磬被你锉了几下之后，就不再自己响了呢？"迷惑不解的老和尚问曹绍夔。

"这个磬的'律'跟你们那口大钟的'律'正好相同，因此只要大钟一响，这个磬就跟着响起来。我把磬锉了几下，它们的'律'就不相同了，所以撞那口大钟的时候，这个磬就不再跟着响了。"曹绍夔回答说。曹绍夔所说的"律"，就是现在我们所说的"频率"。

老和尚听后，心中的疑惑消除了，病也就好了。

这个故事，记载在唐代的《刘宾客佳话录》一书中。

士兵齐步过桥引起桥梁坍塌

原来，那个磬和大钟的固有频率恰巧相同。小和尚一敲大钟，大钟就振动起来，发出一定频率的声波，通过空气传到磬上。因为磬的固有频率和声波的频率相同，就跟着"共振"起来，发出"共鸣"声。曹绍夔把磬锉了几下，就改变了磬的固有频率，两者固有频率不同了，磬就不会再跟着大钟发生共鸣了。

共振（效应）有时会造成远不止老和尚生病那样的巨大危害。

在18—19世纪的法国皇帝拿破仑（1769—1821，1799—1815在位）统治的时代，西班牙有一座桥梁，由于它很坚固，又没有超过使用年限，所以虽然平时通过它的车辆和行人很多，但却一直很可靠。有一天，一队军人踏着整齐的步伐过桥。突然，一阵巨大的轰响震耳欲聋，与此同时，桥突然断裂成几段而全部毁坏，造成了多人死亡的惨剧。

无独有偶。在 18 世纪中叶，法国里昂市附近的一座桥上，一列士兵正排成整齐的长队正步通过。突然，在一声巨响之后——桥身断裂，至少 266 人死于非命。

这些意外事件使人们大惑不解。那么，是不是军队人数太多，超过桥的设计负载呢？完全不是，因为即使人数再多几倍，桥也承载得起。科学家们经过研究之后终于发现，是由于军人齐步前进的时候桥梁发生了共振，使整个桥梁土崩瓦解。

物体在周期性外力作用下的振动，叫"受迫振动"。在受迫振动中，如果外力的频率与物体的固有频率相等的时候，物体的振幅最大，这种现象叫共振。如果共振频率在人耳的听觉范围（20 ~ 20 000 赫兹）之内，就会产生共鸣。

物体在共振的时候，在它的内部会产生很大的应力。前述桥梁就是由于共振而损坏的：军队的整齐步伐给桥梁产生的外力的频率，和桥梁的固有频率相等而发生共振，使桥梁振幅逐渐增大并达到最大值，同时产生很大的应力，导致桥梁构件破坏而断裂。

有了这些前车之鉴，后来世界各国都有一条不成文的规定：大队人马不要齐步过桥，宜用便步行走。

共振的危害还不只是"桥毁人亡"。

火车过桥的时候，就可能产生共振而"桥塌车毁人亡"，所以铁路桥的固有频率，不要接近车轮撞击铁轨接头处的振动频率。如果火车厢下的减震弹簧的固有频率，和车轮撞击铁轨（中国早期的钢轨每根长 12.5 米或 25 米）接头处的振动频率相等，也会因共振而引起巨大的颠簸以致列车倾覆；所以造火车厢的时候，应使车下的减震弹簧的固有频率远离车轮撞击铁轨接头处的振动频率。轮船航行时，如果波浪的冲击力的频率与船左右摇摆的频率相同，也会产生共振而翻船。机器工作时，如果运动的零部件（例如活塞的运动和轴的转动）的周期性作用力的频率，与机器本身或支持物的频率相等，也会使机器或支持物共振而遭到破坏。在1890年，就曾有一艘外国海轮因船体振动频率与船上发动机振动频率一

60千米/小时

铁轨接头处

车厢减震弹簧的固有频率与由铁轨接头引起的车轮振动频率一致，将共振

致，产生共振而惨遭破坏后沉没。由于同样的道理，在建造工厂的时候，要注意厂房的固有频率不能处在机器所引起的振动频率范围之内，以免厂房倒塌。登山运动员应禁止高声说话或大喊大叫，以免由于空气振动引起积雪的共振而造成雪崩。

不过，共振也有很多有益的应用。

人施加的力与秋千的固有摆动频率相等时，秋千才会越荡越高。诸如小提琴等乐器设有的共鸣箱，能增大音量、提高音质。电视机、收音机等电器中的谐振（称为"电谐振"）电路，医学中的"核磁共振"——NRMCT、频率计等，也是运用共振的实例。交变电场使钢板共振，可以制成许多有用的装置。

一种电振动输送机

采矿的振动风镐、选矿的振动筛、粉碎机、电振泵，运输上用的振动输送机，地震仪等，也都用到共振原理。人耳因共振而听得更清楚——耳内有精巧绝伦的共振系统。

人们对共振和共鸣的认识，可追溯到古代。早在《庄子》一书中，就有调瑟时发生共鸣的记载。中国古书《墨子·备穴》中有人们在地下埋大陶瓮——称为"地听"，这是利用共鸣原理监听敌方是否挖地道

攻城的记载。北宋科学家沈括（1031—1095）在他的《梦溪笔谈·补笔谈》卷一中，叙述了他发明的用纸人显示声音共振的方法。意大利科学家达·芬奇（1452—1519）也在15世纪做过共振试验。在17世纪，牛津的两位英国物理学家诺布尔和皮戈特也用"纸游码"来证明弦线基音和泛音的共振。

随着科学技术的进步，现在已能通过测试、计算等手段，及时测定、掌握、控制、防止和利用物体运动中的各种共振，以避免有害的共振造成灾害，利用有益共振造福于人类。

掌握了共振的知识，相关问题就迎刃而解了。这里也有一个故事：出生在匈牙利的美国空气动力学家冯·卡门（1881—1963），在17岁进入约瑟夫皇家工艺大学。毕业后在工厂实习的时候，他忽然发现一台高速旋转的引擎拼命地颤抖起来，并发出刺耳的尖叫声。经过认真研究之后，他弄清了原因——引擎和阀门的开关产生了共振。由此，他还找到了一个描述共振的公式，并用它解决了这个问题。就这样，他的老师高度评价了他的工作，并破格提拔他为自己的助教，冯·卡门由此开始了他辉煌的科学生涯。

教堂吊灯的秘密
——伽利略发现单摆规律

1583 年的一天，一个 19 岁的意大利青年按照他的生活习惯——在比萨大街上自由漫步。

突然，路边大教堂华丽的圆拱门引起了这个青年的注意。他漫步走向教堂——也许是想欣赏一下它的内部结构，也许是……

当他跨进这庄严静寂的教堂的时候，殊不知也是走向人生道路上的一个新的转折点。

这个青年不是别人，就是后来成为大科学家的伽利略（1564—1642）。

伽利略无心礼拜，而是静坐在长凳上——时而仰望天花板，时而举目环顾。他看见了美丽的祭坛，彩色的嵌镶砖，以及几百年前从希腊废墟中运来的、修建这座教堂的大理石圆柱。

教堂的吊灯随风摆动……

忽然，一个摇晃着的东西映入伽利略的眼帘——被风吹而摇摆的教堂中央的大吊灯。他站起来仔细观察，吊灯开始在一个比较大的圆弧上快速摆动，而当摆动幅度逐渐变小的时候，摆动的速度也逐渐变慢了。他又把目光投向靠近窗口，受风力影响而摆动幅度更大的一盏吊灯。伽利略似乎感到，不管是同一盏吊灯在摆动幅度大的时候还是小的时候，也不管是不同的吊灯在摆动幅度大的时候还是小的时候，它们来回摆动一次的时间都相同。当然，这座教堂里所有吊灯的吊绳都是一样长的。

"啊！真是这样吗？"伽利略暗自沉思，"不，不能跟着感觉走，要准确测量摆动的时间。"

"测量时间"，这个在我们今天看来不是问题的问题，在那个时候，就是一个问题——根本就没有准确计时的机械钟表，更没有近几十年随处可见的琳琅满目的电子计时器。伽利略一时没了辙。

随风摆动的吊灯能测量时间？

忽然，伽利略想起了天生的"计时器"——心跳。它虽然不能计时，但却可以准确测量吊灯来回摆动一次要跳动多少次。就这样，他把右手指按在左腕的脉搏上计数——正如他在医学院里所学的那样。结果都是一样——吊灯来回摆动一次全是 21 次心跳。

这个意外的"新大陆"，引起了伽利略的惊奇和深思——这里一定有研究课题，不是感觉欺骗了自己，就是一直被奉为权威的古希腊哲学家和科学家亚里士多德（公元前384—前322）的理论——"摆幅小费时短"不正确。为了搞清是非，伽利略很快冲出了教堂的大门。

"怎么会是这样呢？"迷惑不解的伽利略回家后，无数次用铜球和麻绳或用铁片和丝线等制成"吊灯"做实验，甚至还爬到树上做绳子更长的"吊灯"，用借来的沙钟计时，把取得的数据进行分析计算。结果，多次实验都是一样——当摆动幅度不是特别大的时候，只要绳子一样长，不管摆动幅度是大还是小，来回摆动一次的时间（称为振动周期）都是相同的。

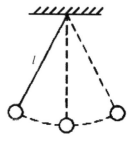

同一地点，小摆幅的单摆的振动周期只和摆长 l 有关，与振幅无关

"亚里士多德一定错了！"伽利略自信地说。

那么，振动周期究竟和哪些因素有关呢？伽利略又继续进行研究。

就在同一年，伽利略经过反复研究，最终确定了单摆的等时性规律：在同一地点，在较小的振幅范围内，单摆的振动周期与摆球的材料、质量、振幅无关，仅与摆长的平方根成正比。

伽利略为什么会去做实验分析呢？因为他觉得——只有这样做才能发现真理。伽利略并不知道，他的这种研究方法——实验加上数学论证，却成了打开近代实验科学大门的金钥匙。

伽利略能在什么地方发表他的研究成果呢？他没有钱使成果公之于众，也没有书店愿意出版这位不满20岁的"毛头小伙"的论文，何况这又是批驳"权威"亚里士多德的文章。伽利略并没有因此灰心丧气，而是进一步把研究成果转向实用方面——利用他手工制作能力强，发明了一种"脉搏计"。脉搏计的主要部分是一个小小的摆，医生可以用它来测定病人在一分钟内脉搏跳动的次数。当他向比萨大学的教授们讲述他的发现和发明的时候，他们都很留心地听——不过注意的不是摆动的规律，而是那个具有实用意义的脉搏计。

单摆又称数学摆——和它对应的是复摆又称物理摆。研究单摆的成果之一是制造出摆钟。由于上述规律的发现，伽利略联想到发明能精确计时的摆钟。1641年，他让儿子维琴佐·甘巴（1606—1649），以及自己的学生维维安尼（1622—1703）描述并绘制摆钟的图样。1649年，维维安尼还根据图样制成模型。他们的努力都没有收到实效。

后来，荷兰科学家惠更斯（1629—1695）对单摆进行了更深入的研究，并在1657年制成了摆钟。他在1658年写成了《时钟》一书，又于1673年在巴黎用拉丁文出版了《摆钟》一书，对其研究作了理论概括，导出单摆周期公式：

$$T = 2\pi\sqrt{\frac{l}{g}}$$（T为单摆周期，π为圆周率，l为单摆长度，g为当地重力加速度）。

惠更斯还在巴黎用一个$T = 2$秒、$l = 3.0565$英尺（1英尺约合0.3048米）的单摆进行测量，求得当地重力加速度为30.1666英尺/

秒^2（约合9.19米/秒^2）的单摆周期公式，还为计算摆的重量与质量的联系创造了条件。

虽然维维安尼，惠更斯，瑞士数学家、钟表匠比尔吉（1552—1632）等，都先后成功研制出了摆钟，但是，完成对钟表的真正改进，并很快用于各种计时的摆钟——现存最古老的、提供前所未有的精度的摆钟，却是1657年荷兰海牙的钟表匠所罗门·科斯特（约1620—1659）根据惠更斯的设计和指导制成的。在这一年，惠更斯为这种摆钟申请了专利。这种摆钟经多次改进，沿用至今。

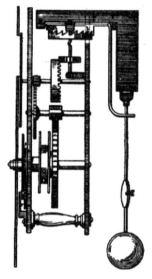

惠更斯《摆钟》里的世界上第一台精密摆钟图

"伽利略的教堂故事"流传久远，所以有许多版本。例如，说是一位修理工人不经意触动了教堂中央的大吊灯，也有说是工人给吊灯加油后吊灯才摆动的。

和教堂外的钟声一直就悠扬一样，教堂内的吊灯也从来都在摇摆——不知经过了多少年。遗憾的是，成千上万的人都熟视无睹——谁也没想到它还有什么奥秘，然而，伽利略却能别具慧眼，发现规律。其实，原因并不复杂——还是那句老话："机遇只垂青有准备的头脑。"

伽利略已经逝世300多年，然而他的"钟摆理论"却一直在讲述着他不迷信权威的具有创造性思维的故事……

水为什么抽不高
——大气压的发现

现在我们都知道，大气有约为 10^5 Pa 的压强。但是，人们对大气压的认识，却经历了一个漫长的过程。

中世纪后的欧洲，采矿成为当时的重要工业。为了排除矿井中积水，常采用一种吸气筒式抽水机。

在 17 世纪初，矿工在用吸气筒式抽水机抽出深矿井中的积水的时候，偶然发现了一个令人迷惑不解的奇怪现象：抽水机始终无法将水抽到离水面 33 英尺（约 10 米）以上的高度。开始，人们以为这是抽水机的质量不好，但是，接下来的事实却让他们大失所望——即使绞尽脑汁改进抽水机，或想尽其他办法，也没能将这一高度提高一丁点。同时，人们还偶然发现，在用水道输水的时候，如果遇到较高的山丘，水道就失去作用而不能输水。

1630 年，与伽利略通信讨论新科学理论和实验长达 25 年之久的伙伴——意大利物理学家、数学家、天文学家乔瓦尼·巴蒂斯塔·巴利亚尼（1582—1666），曾就这些问题向伽利略请教。伽利略曾以"对真空的阻力大小有限"为由，给出了不正确的解释。后来，伽利略在他 1638 年出版的《两门新科学的对话》中，论述了在 10 多米深的矿井中水泵无法继续工作的事实，阐明了

伽利略

由于空气有质量，各种液体只能被抽吸到一定的高度。而这个高度是

由液体的密度来决定。

荷兰物理学家、哲学家和医生艾萨克·比克曼（1588—1637）承认真空是可能存在的。他和法国物理学家、天文学家、数学家、化学家、哲学家皮埃尔·伽桑第（1592—1655）等，也认识到空气中的物体会受到各个方向的压力作用，并探索如何利用这种压力。

总之，为适应生产发展的实际需要，促使科学家对这些现象作进一步的研究。

1640—1643年间，意大利数学家、天文学家和物理学家加斯帕罗·贝尔蒂（约1600—1643）和意大利物理学家拉斐尔·马吉奥蒂（1597—1656），在罗马的马吉奥蒂居住的一栋三层楼前，组织一些人做了下列实验。他们用一根11米长的铅管，在管的上部装有一个活栓，下端用活塞塞住，浸在装满水的桶里。在管里装满水后把活栓关严，再将下端活塞打开。此时，发现管里的水位开始下降，但是在一天之后，水位却再

贝尔蒂与马吉奥蒂用11米长的铅管做实验

也没有继续下降。这个实验说明，的确有一种力在支持着这一水柱。

伽利略的学生、意大利物理学家托里拆利（1608—1647）认为，水泵可以抽水和罗马水道能把水送到一定高度，是因为空气有重量——在空气重量作用下，才把水压到一定的高度。水只能被压高

托里拆利

里奇

到10米左右，说明空气的压强具有确定的数值。如果用密度为水的

13.6 倍的水银，那空气的压强只能支持约 76 厘米的水银柱。受到贝尔蒂等人实验的启发，托里拆利在 1643 年和伽利略的另一个学生维维安尼，用 1 米长的玻璃管灌满水银后倒立在水银槽中。结果，水银柱的高度在下降到高出槽内水银表面 76 厘米的时候，就不再下降——这就是著名的托里拆利实验。

1644 年 6 月 11 日，托里拆利在写给他朋友、伽利略的学生，也是在是否有大气压的理论和进行相关实验中起了重要作用的贝尔蒂的追随者——米开朗琪罗·里奇（1619—1692）的信中，对此做了详细介绍。这一实验，证明玻璃管内水银柱的高度能够表示作用在水银槽外面的空气的压力。为了进一步证实这一观点，他又用两根不同的玻璃管做实验，虽然一根粗细均匀，一根上粗下细，但仍然看到管内水银柱等高。

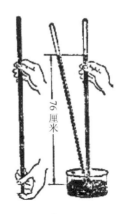

托里拆利实验

由此，托里拆利认为，过去用"自然害怕真空"解释的种种"谜题"，都可以用大气压来作答。但是，他的实验结果却被教会当作秘密，不许传播——这一结果与他们的教义相悖，影响他们的"权威"。但是，纸终归包不住火。有关实验的消息被去意大利旅行的法国人杜·维尔杜斯（Du Verdus）于 1644 年告诉给了法国数学家、修道士马林·梅森（1588—1648，著名的"梅森素数"用他的名字命名）。梅森在同年秋去了意大利，于 12 月访问了托里拆利，亲眼看了实验。所以，实验的消息很快就传到法国。

梅森从意大利回到法国之后，就着手实验，但没有成功，原因是没有一根理想的玻璃管。而住在里昂的法国物理学家、数学家帕斯卡（1623—1662），却在 1646 年 10 月几次实验成功。不过，当时见过这一实验的一些人却认为，水银柱上部空间并非真空，而是充满眼睛看不见的气——是从液体蒸发出来的气。

针对这种看法，帕斯卡在 1646 年到 1647 年的冬天，又做了另一个公开实验——用两根长 10 多米的玻璃管分别装水和葡萄酒。实验前，不少人猜测，结果应该是酒柱低些，因为酒的挥发性更大，挥发出的气体会占据管内上部较多的空间，但实验结果却正好与这种猜测相反。帕斯卡于 1647 年 10 月出版了《关于真空的新实验》这一小册子，介绍了他的上述实验。他指出，管内上部的空间是真空（这一说

测量大气压

法并不确切，因为有很小的液体蒸气气压），液柱能高出管外液面是大气压作用的结果。此后，帕斯卡又设计了两个实验。其中一个是大气压随高度变化的实验，能直接证明是大气压的作用使水银柱留在管内。这一实验是由他的内弟、法国物理学家弗罗林·佩里埃（Florin Perier）完成的。1648 年 9 月 19 日，佩里埃测出法国克莱蒙市附近他的居住地——海拔约 1 500 米的多姆山（Puy de Dome）的山脚的水银柱高度，比山顶的水银柱高出 8.5 厘米。而帕斯卡在巴黎市内的圣·杰克塔进行了同样的实验，这塔仅高 50 米，但塔底和塔顶仍有 0.45 厘米的水银柱高差。实验之后，帕斯卡指出，过去以"自然害怕真空"解释的种种现象，都是因为空气的重量和压力，高处空气稀薄，所以压强更小。

大气压和真空的实验很快传遍欧洲。英国物理学家泡尔（H. Power）在 1653 年进行了实验。德国物理学家、马德堡市市长格里克（1602—1686），于 1654 年在雷根斯堡召开帝国会议时首次做了著名的"马德堡半球实验"，其后的 1657 年在马德堡、1663 年在

多姆山，当年的活火山，今高约 1 465 米

柏林又做了类似实验，每次实验都证明了大气压的存在。

英国科学家波义耳（1627—1691）和法国科学家马略特（1620—1684），研究了在一定温度下空气的体积和压强的关系，发现了波义耳－马略特定律。

前述有关存在大气压的令人信服的实验和研究，使人们对大气压的认识逐渐深化。后来，随着大气成分的测定和气体定律的进一步研究，终于使大气压的存在得到公认和深化，进一步促进了大气科学和空气动力学的建立和发展。

孩子游戏的启示
——卡文迪许测定万有引力恒量

1687年，牛顿在他的《自然哲学的数学原理》中，正式把他的万有引力定律公之于众，但遗憾的是，他没能测出万有引力恒量。其后100年，科学家们都想测定这一恒量。

法国物理学家库仑（1736—1806）对毛发和金属丝的扭转进行了研究，在1777年发明了库仑扭秤。1785年，他用制作得很精密的扭秤得到了库仑定律。

英国物理学家米歇尔（1724—1793）得知库仑发明扭秤之后，也准备制作扭秤来测定万有引力恒量，但没有能制成就去世了。

英国物理学家卡文迪许（1731—1810）和米歇尔都在剑桥大学，两人友谊深厚且都笃信磁力和万有引力的平方成反比的规律，所以经常相互探讨和研究。

卡文迪许

在生前，米歇尔曾建议卡文迪许用库仑扭秤来测量万有引力。所以，米歇尔辞世之后，卡文迪许就在1797—1798年间，在他的基础上制作成了扭秤，并在1798年测出了万有引力恒量为（6.754±0.041）×10^{-8}达因×厘米^2/克^2（1牛合10^5达因）。这个值与现代值（6.673 2±0.003 1）×10^{-8}达因×厘米^2/克^{2}相差很小。由此，他还算出地球的平均密度为5.481克/厘米^3——与现代值5.517克/厘米^{3}的相对误差仅6.5‰。由此，他用扭秤"称"出了地球的质量约5.977×10^{21}吨，成为第一个"称"地球的人。

那么，卡文迪许是如何用扭秤得到这些结果的呢？

卡文迪许用两个质量各为
m 的直径 2 英寸（1 英寸合
2.54 厘米）的小铅球，分别
固定在一根长 6 英尺的很轻的
松木棒两端，再把一根长 39
英寸的加银细铜丝系在松木棒
中点，然后悬挂起来。细铜丝
上系有一根指针，如果悬挂它

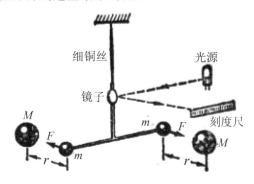

卡文迪许的扭秤实验示意图

的细铜丝扭转，就可由指针在刻度尺上的位置变化，算出细铜丝的扭
转角度。实验的时候，另外用两个质量各为 M 的直径 12 英寸的大铅球
分别靠近（但不接触）小球。此时，因为大球与小球之间有万有引力
F 而使悬丝扭转。根据指针在刻度尺上指示的扭转角大小、悬丝长度、
悬丝半径、悬丝刚性系数，就可算出扭力矩，进而可求得两个实验球
之间的万有引力，最后用万有引力公式算出万有引力恒量。

卡文迪许想得很好，但是，他在一开始就遇到了困难——实验铅
球不大，要测定的万有引力也就特别小，以致光线偏转很小，不容易
用肉眼测准指针偏转的角度。他为此绞尽脑汁，但仍一筹莫展。

一天，为此愁肠百结的卡文迪许外出，偶然看到一群小孩拿着小
镜子在反射太阳光玩耍。小镜子稍一移动，被镜子反射到的远处的光
斑就大幅度移动。看到这个情景，冥思苦想的他得到了很大的启示：
如果把镜子固定在扭秤的悬丝上，并去掉指针，再用一束光照在镜子
上，让镜子把光反射到远处的刻度尺上；那么，即使悬丝产生很小幅
度扭转，远处的光点就会在刻度尺上移动很多，从而可推算出悬丝扭
转的准确角度。这样的装置，就成了"卡文迪许的扭秤实验示意"图
的这个样子。就这样，他遇到的困难就在偶然看孩子游戏的启示之后
得到了解决。

卡文迪许的实验非常重要，英国物理学家坡印廷（1852—1914）

在《地球》一书中就这样评价："卡文迪许实验开创了测量弱力的新时代。"

测定万有引力恒量，也是物理学史上的一件大事——它是人类最早进行实验测量到的一个基本物理常量，成为日后测量多种物理常量的起点。卡文迪许所用的扭秤即扭力天平，后来被许多物理学家改进和使用，进而引出许多重大的或新的科学成果。例如，德国物理学家欧姆（1789—1854）在 1827 年发现欧姆定律；匈牙利物理学家厄缶（1848—1919）在 1890 年确定物体的引力质量和惯性质量相差小于 5×10^{-8}，为爱因斯坦的广义相对论提供了依据；英国实验物理学家博伊斯（1855—1944）在 19 世纪末，测得了比卡文迪许实验结果更准确的地球平均密度——5.527 0 克/厘米^3。

终生未婚的富翁卡文迪许被称为科学怪人。"他是有学问的人当中最富的，也是富人当中最有学问的。"法国物理学家比奥（1774—1862）曾经这么评价。卡文迪许在 40 岁时先后继承父亲和姑母的两笔共 100 多万英镑的巨额财产（当时一位教授的年薪仅 1 000 英镑上下）以后，就是当时英国银行里最大的储户；卡文迪许名下的房地产也很多，而他的生活却异常简朴，以致"总是穿着过时的衣服和很少有纽扣齐全的衣服"。他的卧室里装满仪器，把客厅作为实验室。他讲话极少——"没有一个活到 80 岁的人，一生讲的话像卡文迪许那样少的了。"

卡文迪许不善交际，也最怕交际，性格孤癖。有一次，当一位英国科学家同一位奥地利科学家到英国皇家学会会长班克斯（1743—1820）爵士家，适巧卡文迪许也在座。当班克斯爵士介绍他们相识并对大名远扬的卡文迪许大加赞赏的时候，他竟开始忸怩，继而完全手足无措，最终转身辞别客人，坐马车逃回家中。一位客人慕名到他家拜访的时候，他总是一言不发，双眼直盯天花板，心中想自己的科学实验等问题，使客人扫兴而归。

不修边幅、不善言辞的卡文迪许在科学上也特别古怪。他虽然及时把自己的科学成果记载下来，手稿写得十分工整，就像要拿去发表的样子，但他的成果大多都没有发表，以致他记有数学、电学和力学等内容的近 20 捆手稿搁置了近百年之后，才由英国物理学家麦克斯韦（1831—1879）整理后于 1879 年发表。可见，卡文迪许是不图名誉的人，也是不知道科学发明发现应该适时公开才有利于人类的人。

卡文迪许实验室原址

卡文迪许在物理上的成就还有很多，例如早于欧姆 11 年发现欧姆定律。他作为化学家，最先发现水由氢和氧组成，证明氢气能燃烧，弄清了大气的组成。

1871—1874 年建成（70 年之后扩建）的卡文迪许实验室，是全世界物理实验室的典范和 19 世纪物理学的发源地之一，截至 2019 年 4 月，已经培养出的诺贝尔奖得主不少于 29 名。它是卡文迪许的近亲——当时剑桥大学的校长、第七代德文郡公爵威廉·卡文迪许（1808—1891）为纪念卡文迪许而私人捐资 8 450 英镑（包括买仪器设备）兴建的。

静脉血为什么更红
—— 医生发现能量守恒定律

"奇怪，船员的静脉血怎么变红了呢？"

后来成为物理学家的迈尔（1814—1878），起初是一名德国医生。1840 年 1 月至 1841 年 1 月，他在荷兰去爪哇岛的船上担负随船医务工作。一望无际的海洋，枯燥无味的海上生活，让迈尔和船员经常聊天。在一次闲聊中，他偶然从船员的言谈中得知，有暴风雨的时候，海水的温度会升高。

1840 年 2 月，船队到达爪哇岛的巴达维亚。因船员中流行着很严重的肺炎，迈尔就从患者手腕的静脉中抽出一些血来治疗——这是传统的"放血疗法"。他惊奇地发现，理应发黑的静脉血比在欧洲时更红！于是，他发出了故事开头的疑问。这一奇怪的现象引起了他的思考——这是什么原因呢？经过思考后他认为：动物的体温是由血液和氧结合（燃烧的缓慢形式）的结果，要保

迈尔

持一定的体温，在气温高的热带地方只需少量的燃烧就够了；或者从另外一个角度说，热带维持体温需要的新陈代谢的速度比寒冷的欧洲低，在动脉中所消耗的氧就较少，所以从较冷的荷兰去较热的爪哇岛后，船员的静脉血更红也就不足为奇了。由此他还进一步认识到，体力和体温都只会来源于食物中所含的化学能，如果动物体的能量输入同支出是平衡的，那么，所有这些形式的能在量上就必定守恒。

这两个现象引起了迈尔的注意和思考。那么，他为什么会注意和抓住机遇进行思考呢？原来，在这次远征之前，他就有关于热与机械运动之间可以转化的思想萌芽。经过思考以后，他这样解释静脉血比在欧洲的时候更红的原因：人体在热带维持体温所需要的新陈代谢的速度，比在寒冷的欧洲更低，从而使动脉血中所消耗的氧更少，所以静脉血更红。由此，他进一步分析，体力和体温都来源于食物中的化学能，如果动物体内能量的输入与体力和体温这两种能量支出是平衡的，那么这些形式的能量在数值上就必定守恒——这是能量守恒定律的雏形。对于海水温度会升高的现象，他认为这也是能量守恒的结果——暴风雨的机械能转化成了海水的热能。

1841年，迈尔回到他的家乡——德国的海尔布朗。他一面在当地行医，一面埋头研究他的以上发现，并撰写有关论著。最终，他经过实验研究，写出了关于能量守恒的4篇不朽论文。

1860年左右，能量守恒定律得到普遍承认，而在此前的10多年，迈尔的工作并没有得到支持和普遍承认。当迈尔于1841年6月16日把他在同年写成的《论力的量和质的测定》寄给《物理学与化学杂志》的时候，却被拒绝刊登——理由是不收思辨性文章，而且还没有退稿。

最早发现能量守恒定律的并不是迈尔，而是法国工程师卡诺（1796—1832）。他在1824年就发表了一生中唯一的长篇著作《关于火的动力考察》——其中提出了本质上是能量守恒定律的"卡诺原理"。可惜，他在36岁就死于瘟疫。1878年，他的弟弟公布了他死前留下来的一本23页的笔记。笔记中提道："在自然界中，动力在量上是不可改变的，准确地说是不生不灭的，热不过是动力，或者更准确地说是改变了形式的运动。"笔记中还记有他在1830年得到的不太准确的热功当量值。由此可见，"这是历史上关于能量守恒原理的最早的表述。"

能量守恒定律得到公认之后，又有许多新的发展。

在宏观领域中，建立了能的转化和守恒的热力学第一定律。1905年，爱因斯坦用著名的质能关系式 $E = mc^2$，把质量守恒定律和能量守恒定律统一成了一个守恒定律。1908 年，爱因斯坦的老师、德国数学家闵可夫斯基（1864—1909）发表了四维坐标，将能量和动量结合成为能量－动量矢量，从而把能量守恒和动量守恒统一成能量－动量守恒定律。美国物理学家康普顿（1892—1962）在 1922 年发现的康普顿效应证明，微观粒子能量和动量依然守恒。1956 年发现的中微子，彻底消除了人们对微观领域内能量守恒定律是否成立的最后一丝怀疑。人们还认识到，能量守恒定律是由时间的平移不变性所决定的，所以是物理学中的普遍规律和自然科学的基石。

能量守恒定律是我们的指路明灯：抛弃发明"永动机"的"美妙"幻想，把人、物、财力投入开发而不是"创造"新的能源中去，绝不去相信那些不断改头换面而且层出不穷的"水变油"之类的骗子或骗局……

罗素偶见"河上奇观"
——离奇水波引出"孤立子"

1982 年 8 月 22 日至 9 月 3 日，英国爱丁堡的海略特－瓦特大学热闹非凡——来自世界各国的 140 多位科学家，在此举行"孤立子"科学报告会和

策马扬鞭的约翰·司科特·罗素，突然发现……

隆重的纪念活动。8 月 25 日下午，全体与会者步行到离校园不远的运河边，在一座小桥处为约翰·司科特·罗素（1808—1882）的纪念碑揭幕——纪念他逝世 100 周年。

这位罗素是何方神圣，为什么引得"无数英雄竞折腰"？

1834 年 8 月的一天，苏格兰土木工程师、海军船舶设计师——26 岁的小伙子罗素，骑马在英国的一条运河河道上进行勘探。这条运河连接爱丁堡和格拉斯哥这两个著名的城市，河上不时有船只通过。这一天，天气晴朗，罗素的心情也很好。他工作了一会儿，就直起身来眺望河上迷人的景色。

罗素看见有两匹骏马拉着一只木船迅速前进。突然，他意外地发现，当船停止前进的时候，船头周围聚集了急剧运动的水流，形成了一个巨大的、圆滑且形状像馒头的水峰。接着，水峰突然离开船头，以每小时 8～9 英里（1 英里约 1.609 千米）的速度向前运动。这水峰

高约 1.5 英尺（1 英尺等于 0.304 8 米），长约 30 英尺。水峰在行进中基本上一直保持着初始形状，速度也没有明显减慢。他骑马紧跟，密切注视这一"河上奇观"。水峰一直推进 1 英里多才消失。他把这个奇特的水波称为"孤立波"或"孤波"——后来人们所说的"罗素水波"。

约翰·司科特·罗素

罗素没有放过这难得的机遇——他敏锐地意识到，这绝不是普通的水波。

为什么不是普通的水波呢？通常在水上看到的水波，总是在扩散一小段距离之后向四面散开后很快消失，而且有波峰和波谷——有一半高于水面，另一半低于水面。但孤波却能推进 1 英里多远，还具有光滑规整而且基本不变的形状，完全在水面之上移动——仅有波峰。这件怪事引起了他的研究。

罗素仿照当时运河上的状况，建造了一个狭长的大水槽，模拟当时的条件给水，在水槽的一端把一个重锤落入水中，对重锤激起的水浪的运动情况进行反复观察。他还在 6 英尺深的河道中人工再现过一个小的孤波。最终，他导出了孤波的传播公式 $v^2 = B(d + A)$。这里，v、d 和 A 分别是水波的移动速度、水的深度和水波的幅度，B 为某一个比例常数。

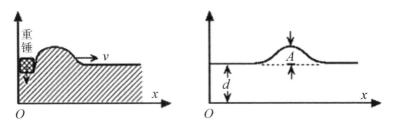

罗素在浅水槽中做的水波实验

经过 10 年研究之后，1844 年，在英国科学促进协会第 14 届会议上，罗素发表了一篇题为《论水波》的论文，生动地描述了当年发现孤波的情景。他认为，这应当是流体力学方程的一个解，并批评数学家们没能从流体力学基本规律来预言孤波的存在。1849 年 6 月，他也因为这一发现被选为英国皇家学会会员。

罗素的这些观点没能完全说服他的同事们。许多科学家的争论和研究一直持续了几十年，但谁也解释不清。罗素的研究也一直在继续，直到 1882 年逝世前夕，他还在赶写专著《论波在水面、空气和介质中的平移》，并最终于同年 6 月 8 日在格拉斯哥辞世之后的 1885 年出版。

直到罗素在运河上发现孤波之后 61 年，两位年轻的荷兰数学家迪德里克·约翰内斯·科特维格（1848—1941）和古斯塔夫·德·弗里斯（1866—1934）在研究了浅水中小振幅长波运动之后，于 1895 年发表在《哲学通报》上的著名论文《关于长

科特维格　　　　弗里斯

波的变形》里，才对孤波有了确定的解释。他们认为，考虑到可把具有弹性特征的水简化为弹性体之外，还应注意到水具有非线性特征引起的"非线性效应"与色散作用引起的"色散效应"——这些次要特性在一定条件下会形成相关结构。由此，他们导出了极为著名的单向运动浅水波 KDV（或 Kdv）方程，由这个方程得到的一个解所对应水波的表面形状，与孤波的表面形状十分相似，从而给出了一个类似于孤波的解。于是，当年罗素的问题得到了初步解决，孤波的存在也得到公认。

随后，这个方程被命名为"科特维格－弗里斯方程"，而国际编号为 9685 号的小行星则以科特维格的名字命名。

由于当时科学界没有意识到孤波的重大意义，所以这件事就被渐渐淡忘了。

大半个世纪过去了。1971 年，美国物理学家诺曼·查布斯基（1929—2018）等在大水箱中人为地造出了罗素水波。在此前的 1964

年，查布斯基和另一位美国数学家、物理学家马丁·戴维·克鲁斯卡尔（1925—2006）通过数值分析还发现，如果同时有两个这样的波碰撞，则碰撞后仍"各行其道"，形状也不变。这

查布斯基　　　　　　克鲁斯卡尔

很像是一种物质实体，所以他俩首次称它为"孤立子"或"孤子"。什么是孤子呢？顾名思义，孤子就是与其他物质实体碰撞之后，形状和速度都不变的物质实体。

在20世纪80年代赴美国加利福尼亚大学攻读博士的中国研究生吴汝君，首次在2厘米深的水槽中发现了奇异孤子，引起过轰动。吴汝君还因此荣获国家教育委员会授予的科技进步一等奖。

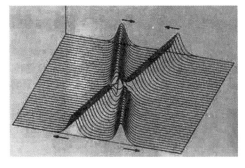

两个孤立子相互作用的斜投影

现在，"孤子理论"已成为前沿科学之一。它在应用数学、凝聚态物理、粒子物理、天体物理、生物学和化学等方面都有重要作用。对此，美籍中国物理学家李政道（1926—2024）、美籍中国数学家陈省身（1911—2004）、英国物理学家布莱恩·戴维·约瑟夫森（1940—　）等都十分关注。当然，现在的孤子概念已超出水波孤子的范围了。在固体物理、等离子体物理和光学实验中都发现了孤子。除了KDV方程，其他的一些非线性方程，如正弦－戈登方程和非线性薛定谔方程等也有孤子解。

在这里，我们要特别说一说前述两位荷兰数学家提到的非线

性——混沌现象的"罪魁祸首"就是它。出生在意大利的美国物理学家费米（1901—1954）说过："《圣经》中并没有说过一切大自然的定律都可以用线性方式来表示。"正是因为魅力无限的非线性，才造就了现实世界的无限多样性、曲折性、突变性和演化性。这样，就逐渐形成了贯穿物理学、数学、天文学、生物学、生命科学、空间科学、气象科学和环境科学等广泛领域，揭示非线性系统的共性，探讨复杂性现象的新的科学领域"非线性科学"——20世纪以来最"时髦"的前沿学科之一。费米等人从1952年开始，就曾利用当时美国用于设计氢弹的Maniac计算机，对由64个谐振子组成、振子间存在微弱非线性相互作用的系统进行过计算，试图证明统计物理学中的能量均分定理。

孤波理论的研究还有不少用途。船舶安全航行、飞行器在空中安全飞行，都会涉及这个理论。此外，还能解释不少自然奇观。亚马孙河25英尺高的潮涌竟然能传播500英里。在芬迪的新斯科舍湾，潮涌达到30英尺高。

由此看来，是100多年前的一个小小水波激起了一系列科学上的千层大浪，这当然值得科学家们隆重纪念。

"机会来临的时候像闪电一般短促，全靠你不假思索地利用。"法国作家巴尔扎克（1799—1850）的真知灼见，对仅仅是一个工程师的罗素能抓住机遇研究水波引出重大成果一事做了精彩的诠释。

斯人已逝，业绩永存。在苏格兰，有一所创办于1821年（历史悠久程度在英国高等教育学院中排名第八）的海略特—瓦特大学（Heriot‑Watt University），它的前身是爱丁堡工学院。这所大学的一座建筑以罗素的名字命名。

十年面壁和八年破壁
——狭义与广义相对论的诞生

"大江歌罢掉头东，邃密群科济世穷。面壁十年图破壁，难酬蹈海亦英雄。"1919 年 3 月，周恩来（1898—1976）从日本归国前，书赠为他饯行的南开中学同窗好友张鸿诰（1897—1981）等，写下了这首著名的诗。这首无题七绝诗的手稿现保存在中国国家博物馆。其中"难酬蹈海亦英雄"的故事，是关于中国留日学生陈天华（1875—1905）的。为了抗议当时日本政府禁止中国留日学生参加爱国活动，他于 1905 年 12 月 8 日在日本大森海湾投海自杀。"面壁十年图破壁"则巧妙地结合了"面壁"和"破壁"两个著名的典故。

中国南北朝时期（420—589），西来的印度禅师菩提达摩，从长江之南"一苇渡江"到达嵩山少林寺，在山洞里面壁十年默默修禅，终于将印度佛教成功传入中国，成为禅宗初祖。这是"面壁"的典故。"破壁"来自《历代名画记》中所记载的传说：南朝著名画家张僧繇在金陵安乐寺的墙壁上画了四条没有眼睛的龙，一旦他点出龙的眼睛，巨龙则破壁而出腾空飞去。德国物理学家爱因斯坦（1879—1955），也是这样的"面壁"和"破壁"者。

1905 年是爱因斯坦科学生涯中最光辉的一年，也是物理学史上光辉的一年。这一年，他总共写了 6 篇重要论文——当年在德国《物理学年鉴》期刊上发表了 5 篇。这 5 篇中的 4 篇，分别在 3 个领域（光量子论、分子运动论、狭义相对论）取得了突破性的成就，其中《论动体的电动力学》这篇论文标志着狭义相对论的诞生。

为什么不是别人，而是爱因斯坦弹奏出狭义相对论的"乐章"呢？他受到何种启发、抓住什么关键、找到什么突破口才取得这一成果的呢？

爱因斯坦弹奏出狭义相对论的"乐章"

爱因斯坦于 1922 年 12 月 14 日在日本京都大学的讲演《我是怎样创立相对论的?》、1946 年写的《自述》，以及其他资料中回忆了当时的情景："是我在伯尔尼的朋友贝索偶然间帮我摆脱了困境。那是一个晴朗的日子，我带着这个问题拜访他，我们讨论了这个问题的每一个细节。忽然我领悟到这个问题的症结所在。这个问题的答案来自对时间概念的分析，不可能绝对地确定时间，在时间和信号速度之间有着不可分割的联系。利用这一新概念，我第一次解决了这个难题。"这里提到的贝索，就是意大利人米凯尔·安格罗·贝索（1873—1955）——爱因斯坦在苏黎世工学院的同学。

爱因斯坦说的"困境"和"这个问题"是什么呢？原来，他早在 16 岁的时候，就在思考一个问题："如果我以光速追随光线运动，我应看到这一光线就像一个在空中振荡着停滞不前的电磁场。可是，无论依据经验，还是按照麦克斯韦方程，看来都不会发生这样的事。"显然，这是一个实际包含着狭义相对论萌芽的悖论。不久以后，他得知迈克耳孙－莫雷实验的零结果，由此认识到地球相对于"以太"的运动是不能用任何仪器测量的："如果承认零结果是事实。那么地球相对于'以太'运动的想法就是错的，这是引导我走向狭义相对论的第一步。"这里提到的麦克斯韦（1831—1879）是英国物理学家，迈克耳孙（1852—1931）和莫雷（1838—1923）是美国物理学家。

后来，爱因斯坦又读到荷兰物理学家洛仑兹（1853—1928）在 1895 年写的论文。他很欣赏洛仑兹方程——不但适用于真空中的参照系，还适用于运动物体的参照系。他试图用这一方程讨论法国物理学家菲索（1819—1896）在流水中的光速实验。当时，他坚信麦克斯韦方程和洛仑兹方程是正确的，但是，推算的结果让他大吃一惊：如果要保持这些方程在运动体参照系同样有效，就必然导致光速不变的概念，而光速不变性又明显地与牛顿力学的速度合成法则相矛盾。前述"困境"和"这个问题"就是指这个矛盾。

这里提到的菲索在流水中的光速实验，是指他在1851年在流水中用比较光速的方法，证明菲涅耳公式的实验。菲涅耳（1788—1827）是法国物理学家，菲涅耳公式是他在1818年发现的一个光的衍射公式。

由上可见，爱因斯坦在贝索家中"偶然"解决的"问题"，原本就是他十年思索、研究怀疑和批判的一个必然结晶。别人不可能有这样的结晶——他们没有他那样的十年"面壁"的准备和怀疑批判的精神。

爱因斯坦于1911年12月14日在日本京都大学的讲演中，也回忆了他偶然萌发广义相对论思想和最终创立广义相对论的过程：

"1907年，我对狭义相对论还不满意，因为这种理论被限制在彼此恒速的参照系中，并不能描述一般参照系的运动。因此，我努力冲破这种限制并想对这个问题写出一般公式来。

"1907年，斯塔克要我在《放射学年鉴》期刊上写一篇关于狭义相对论的专题论文，在撰稿过程中，我进一步发现，除了引力定律，所有的自然规律都能在狭义相对论的范围内进行讨论，我想找到这种原因，但是很难。

"最令人感到不满的一点是，虽然惯性质量和能量间的特殊关系在狭义相对论中已明确给出了，但惯性和重力（或引力场的能量）之间的关系没有明确地阐明，我觉得这个问题在狭义相对论中是不能得到解决的。

"一天，我猛然产生了一个突破性的想法。那天，我正坐在伯尔尼办公室的椅子上，我偶然想起：如果一个人自由下落，他是不能感觉其自身重量的。这个简单的实验构思使我大吃一惊，并给我很深的印象，它启发了我的引力理论。我继续思考着：一个下落的人在被加速的时候，他所感觉和判断到的正是在加速

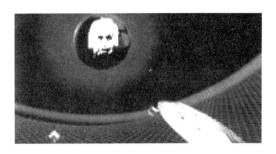

爱因斯坦，引力场……

参照系中所发生的。于是我决定把相对性原理推广到加速参照系中去，我觉得这样做能同时解决引力问题。一个自由下落的人不能感觉其自身的重量，是因为在他的参照系中有一个新的引力场，它能抵消地球产生的引力。在加速参照系中，我们需要一个新的引力场。

"当时，我不能彻底解决这个问题。后来，我花了八年多的时间，最后得到完整的结论。在这些年间，我是一点点取得这个问题答案的。"

从爱因斯坦的讲演可以看出，他从"偶然想到"开始，从1907年发表第一篇有关广义相对论的论文《关于相对论原理和由此得出的结论》算起，经历"图破壁"的八年，才于1915年年底最终建立广义相对论。这一"人类思想史上最伟大的成就之一"，也是辛勤劳动的结晶。

"毁掉传统的观念，破除千百年来的思想习惯，非欧几何学才破土而出，它对于数学的绝对真理观点来说是一场暴风。"借美国数学史家贝尔（1883—1960）的这段话来评价相对论的诞生也非常恰当，因为爱因斯坦从偶然的思考中抓住机遇所建立的也是"一个奇怪的新世界"——科学家必须勇于"向传统规则挑战"。

桥断和船裂之后
——断裂力学的诞生

"7.8 万英镑（当时汇率约合人民币 117 万元），成交！"2007 年 9 月 22 日下午，在伦敦克里斯蒂（Christies）拍卖行里，随着拍卖师一锤落下，一把钥匙被一位英国人买走。他是受一位跨国珠宝公司——比利时的"TESIRO 通灵珠宝"中国区的 CEO 沈东军（1969— ）之托来竞买的。

天哪，117 万元！是一把什么样的钥匙卖到了这么高的天价？

"鸣——"1912 年 4 月 10 日中午 12 点，春光明媚的英国南安普顿港。在一阵汽笛长鸣之后，使人赞叹和惊讶的"梦之船"——"泰坦尼克"号，告别几千个熙熙攘攘欢呼送行的亲友，劈波斩浪，骄傲

"泰坦尼克"号的"夺命钥匙"

地开始了它的处女航。它是当时最大、最豪华、最先进和最安全的客轮。没有人怀疑"梦之船"会一路平安——人类为自己掌握自然的得意之作充满自信。

可是，4 天之后，不幸的事降临了。1912 年 4 月 14 日夜 11 点 40 分，"梦之船"与一座长达 120 米的冰山"亲密接吻"。结果是 1 500 多人与"最安全的船"一起葬身海底。

那为什么冰山会把比它硬度更大、强度更高的钢铁船体撞裂呢？这一直是一个谜。在揭开这个谜之前，我们先来看"泰坦尼克"号事故之后的另外一些"怪事"。

1938 年 4 月 14 日上午 8 时 20 分，气温为 -20℃，比利时的哈什尔特桥突然发出一阵巨响。可怕的巨响持续了 6 分钟之后，桥断裂成三截，坠入河中。异常奇怪的是，当时桥上并没有超重现象，桥也没有受到任何撞击。人们对这一事件疑惑不解。

"泰坦尼克"号开始了处女航

真是祸不单行。在 1940 年 1 月 19 日，跨度为 75.4 米的比利时海伦赛尔斯桥，也在刚建成一天之后突然断裂。当时气温为 -14℃。

类似的断裂不仅发生在桥梁上。1943 年 2 月，纽约附近一个直径 12 米的贮气罐突然破裂。1943 年 11 月，一艘美国刚完成试航任务停在船坞内的油轮，在清晨发生一阵巨响后，随即沉没海底，此时气温为

桥梁断裂

-6℃。仅在 1938—1942 年，世界各地约有 40 座铁桥倒塌。第二次世界大战期间，美国轮船因材料原因发生过 1 000 多次事故，其中毁灭性事件达 238 次。1950 年，美国"北极星"导弹在试验发射的时候，固体燃料发动机的机壳也发生了爆炸。1954 年晚冬的一天，爱尔兰海面上一艘正在航行的 32 000 吨英国巨型油轮"世界协和"号，突然船体猛烈震动，不久就葬身海底。

这一系列事件，人们一开始还以为是材料强度不够或承载过大造成的。于是，一味追求用高强度材料来制造那些易出事故的零件，但依然事故频频。

后来，科学家们通过大量检测和深入研究，特别是创立了位错理论后，终于认识到这类断裂的原因是材料内部结构的缺陷造成的。在以往的设计中，人们总是假定材料内部都是均匀、连续而且"各向同性"的多晶体，但是，实际上材料在冶、轧、铸、焊和热处理的工序中，常常会引入包括气体在内的杂质，或产生微小的裂纹。这些潜在

破坏因素在使用过程中进一步扩张，最终导致了材料严重损坏。后来进一步的研究还发现了原子空位、填隙原子等缺陷。这些研究，不但充实了位错理论，对金属变形、破裂和疲劳给出了明确的解释，还动摇了传统的材料力学理论。就这样，20世

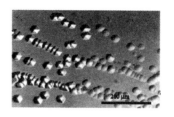

金属内部因为原子的位错引起的位错线

纪50年代，诞生了固体力学的另一个分支学科——"断裂力学"或"裂纹力学"。

人们对断裂力学的研究，可以追溯到1934年。在这一年，英国物理学家、数学家杰弗里·英格拉姆·泰勒（Geoffrey Ingram Taylor，1886—1975）提出了位错理论。位错理论认为，在实际的金属晶体内，并不是个个原子都排在它应该占据的晶格上，而是经常发生位错现象。这些占错了位置的原子，就是暗藏在金属里的"破坏分子"，会大大降低金属的强度。例如，

杰弗里·英格拉姆·泰勒

纯铁的理论强度接近20 000牛/毫米^3，而目前超高强度钢仅仅达到4 000牛/毫米^3——仅为这个值的1/5。如果有外力施加在构件上，这些地方就会出现裂口。20世纪40年代，电子显微镜已被用于材料的研究，但真正重视和应用位错理论，则是在第二次世界大战以后。

断裂力学的有关理论认为，以上破坏事故的主要外因是低温。这种现象叫"冷脆转变"或"低温脆性"。例如，"泰坦尼克"号沉没的原因之一，就是冰山造成的船体局部低温——它使船底的焊接部分发生低温脆性。

当然，低温脆性在断裂力学诞生之后也出现过。1975年1月23日，波罗的海南部海域刮起了10~11级东北风，海浪达到7级。一艘载重3 000吨的外国轮船在突遇这场暴风雨之后的第二天早上，船尾的甲板上和右舷的外壳分别出现长4.7米和2.4米的裂缝。事后经过测查

得知，裂缝处的钢板在晚上水温下降到﹣10℃的时候，承受冲击力的能力下降到常温时的1/4以下——所以没能经受住海浪的冲击。

其实，不只是钢铁会发生低温脆性，铝、镁和锡等金属都怕低温。

断裂力学是专门研究结构和材料断裂的成因、过程、规律及其预防措施等的综合性学科。断裂力学分为"线弹性断裂力学"与"弹塑性断裂力学"，或者从另一个角度分为"断裂静力学"和"断裂动力学"。它主要研究结构与材料外部条件和应力间的关系，确定材料的抗裂性能参量、指标及其测试方法，提出合理选材的原则，建立起新的设计概念和安全措施，以控制和防止构件的断裂破坏。这门学科目前仍处在发展和完善之中。

中国北方地区不少造船厂，在冬季都在﹣30～﹣20℃的低温下进行施工，这就会使船体钢板的抗冲击韧性大大降低。为了确保船舶的建造质量，中国船舶检验机构规定：当气温下降到﹣20～﹣15℃的时候，就不能在露天焊接船体钢板。另外，有些远洋船只往往要通过﹣50～﹣40℃的冰水，因此更要考虑低温对钢材耐冲击性能的影响。目前的远洋船舶都采用低合金钢板来建造，这样可以提高船体的坚韧性。中国首次建造的远洋货轮"东风"号，就采用16锰低合金钢来建造船体。

断裂力学还研究如何应用材料的断裂特性。低温切削法就是利用材料的低温脆性来实现的——软钢在低温下失去韧性，切削起来比在常温下容易得多。

采用"超速骤冷"新工艺，在低温环境里制造性能优异的非晶体。1980年，美国惠特尼航空发动机公司制造的燃气涡轮发动机的叶片，能在1 700℃的高温下正常工作。1981年4月，美国"哥伦比亚"号航天飞机试飞成功，铺设在飞机表面上的34 000多块高温陶瓷瓦经受住了几千摄氏度高温的考验。日本一家研究所将铁合金烧化之后，采用超速骤冷法，制成了一种性能优异的非晶态铁合金——它的耐腐蚀能力远远超过一般的不锈钢。

戴维·布莱尔　　　亨利·兴格尔·怀尔特　　　查尔斯·赫伯特·莱托尔

最后，我们回到"天价钥匙"问题。既然"泰坦尼克"号是冰山撞沉的，那我们就会问：为什么船员没有及时发现冰山，迅速改变航向呢？是船员擅离岗位了吗？

原来，在1912年4月3日，37岁多的"泰坦尼克"号二副戴维·布莱尔（1874—1955），搭乘它从贝尔法斯特抵达南安普顿，准备在一星期后从这里出发到纽约，但"泰坦尼克"号所属的白星航运公司老板临时改变了主意，决定从别的船上调来一位经验更加丰富的船员——亨利·兴格尔·怀尔特（1872—1912）大副。不幸的是，布莱尔在匆忙之中把钥匙带下了船，忘了把它交给同事、"泰坦尼克"号海难幸存的最高职位的船员——海军军官查尔斯·赫伯特·莱托尔（1874—1952）大副，而这把钥匙，是能打开瞭望台锁着的一副双筒望远镜的唯一钥匙。直到"泰坦尼克"号离开南安普顿，布莱尔才想起来，就只好把它留下来当纪念品。没想到，几天以后，它就成了"夺命钥匙"。

由于没有钥匙，就打不开锁着望远镜的抽屉，迫使船员们只能用肉眼进行观察。当他们发现冰山时，已为时太晚……

飞机失事引出新学科
——疲劳力学的诞生

2002年5月11日中午，151名乘客乘坐火车以160千米/小时的速度从伦敦驶往英格兰东部的诺福克郡，不久就要到达目的地了。然而，谁也没有料到，在经过波特斯巴小站的时候，列车突然脱轨散架，一节车厢冲上了月台。结果，导致7人死亡，70多人受伤。其中台湾记者林家欣、巫家静不幸身亡，香港凤凰卫视主持人刘海若身受重伤。

那么，导致这次车毁人亡的"凶手"是谁呢？我们按下不表——先来看一系列"空中列车事故"。

第二次世界大战之前，一架英国"惠灵顿"重型轰炸机突然从空中坠落，导致机毁人亡。第二次世界大战前后，又有20多起类似的飞机失事。

1948年，美国"马丁202"型运输机也在正常飞行中突然坠毁。

飞机在空中爆炸

进入20世纪50年代之后，这类机毁人亡的悲剧依然不断上演。1951年，一架英国"鸽式"飞机在澳大利亚出事。1952年，一架美国"F－86"涡轮式歼击机在空中爆炸。接着，一架英国"彗星"喷气式客机机毁人亡……

这一系列偶然而各自发生的事故之后，有关部门都及时进行了调查，但都没有找到"凶手"。

当然，这些震惊世界——特别是航空界的空难事件，必然会引起科学家们的高度关注。到了20世纪50年代后期，经过对飞机残骸的反复研究，科学家终于查明，这些空难事故的"凶手"大多是"金属疲劳"。前面提到的2002年5月11日那次事故，是路轨接合点的一个螺丝帽脱落，导致轨道移动，使列车脱轨散架。那么，螺丝帽怎么会脱落呢？原来，频频过往的列车振动损伤了螺丝帽——它也"疲劳"了。由于金属疲劳一般难以发现，因此常常造成突然事故。在第二次世界大战期间，美国的5 000艘货船共发生1 000多次破坏事故，有238艘完全报废，其中大部分归咎于金属疲劳。

金属疲劳问题涉及的范围十分广泛——航空、机械、原子能和造船等工业等都普遍存在金属疲劳。据统计，现代工业中80%以上的机器或设备等被破坏，都是因为制造它们的材料出现疲劳引起的。

因为金属疲劳会引起严重的事故，就迫使众多固体力学专家对金属材料抗疲劳的问题进行深入研究，并取得了许多成果。这样，固体力学的一个分支学科——"疲劳力学"，就诞生在科学家们抓住机遇的研究之中。

那么，金属疲劳而断裂的现象究竟是怎样具体发生的呢？当构件承受交替变化的力的大小超过一定限度，并经历了多次循环重复之后，在构件内部受力最大的地方或者材质薄弱之处，将产生细微裂纹——称为"疲劳源"。

金属疲劳后形成的疲劳条带

一方面，随着受力交替变化次数的增加，这种裂纹就不断向四周扩展。在扩展过程中，由于受力交替变化，开裂处两个面的材料时而挤压时而分离，或时而正向错动时而反向错动。这样反复摩擦的结果，就形成了断口的光滑区。另一方面，由于裂纹尖端的材料处于三个方向拉伸受力的状态，不容易产生塑性变形，所以，当裂纹扩展到一定程度的时候，承受载荷的面积也愈来愈小，就会在某一负荷作用下突然断裂。

简单地说，疲劳破坏的形成，可以理解为疲劳裂纹的萌生和逐渐扩展的过程。这个过程，可以在我们的生活实践中得到印证：用双手拉断一根细铁丝是很费力的，但是如果用双手来回反复弯折它，那么它很快就会折断。

疲劳力学主要研究金属疲劳的成因、疲劳裂纹的产生和扩展、预防措施等。运用这个学科的知识，可以把构件的"疲劳寿命"算出来，以便确定使用年限；也便于设计、研制出更能抵抗疲劳破坏的新型结构材料产品。

克服金属的疲劳而让它"延年益寿"的原则是尽量减少它的"薄弱环节"。具体办法有：尽量减少零件上的开孔、挖槽、切口等，提高零件表面的光洁度，涂抹防腐蚀层保护表面不受生锈腐蚀之害，对零件表面进行辗压之类的强化处理，避免粗糙加工所产生的划痕等。

当然，由于许多原因——例如使用者忽略了产品的疲劳寿命，心存侥幸而让它超期服役，疲劳事故仍时有发生。前面提到的2002年5月11日那次事故，就是其中发生在地上的一次。1979年5月25日，一架满载乘客的美国航空公司DG－10型三引擎巨型喷气客机从芝加哥起飞不久，就失去了左边一具引擎，随即着火燃烧而爆炸坠地，机上人员无一幸免。事后，有关当局对这架失事飞机的残骸进行检查后发现，这架飞机上连接一具引擎与机翼的螺栓因金属疲劳而折断，从而导致引擎燃烧爆炸。

从傅科摆到澡盆漩涡
——科氏力如此"直观"

这是 1962 年的一天。天色已经晚了，美国麻省理工学院机械工程系主任、物理学家艾斯歇尔·谢皮罗（1916—2004）教授准备休息了。他放了一浴盆洗澡水，然后舒舒服服地泡了进去。

谢皮罗

洗完澡，谢皮罗拔掉浴盆底部的塞子放水。他无意中发现，水在流入下水道口的时候，形成了一个漩涡——以泄水孔为中心的转得很快的规则漩涡。

在好奇心的驱使下，谢皮罗又放了一盆水，再次拔去塞子让水漏去。这时，他进一步注意到漩涡的方向是逆时针方向。"是不是每次放水都是这样的呢？"谢皮罗想。他再做了一次试验，还是出现逆时针方向的漩涡——水仿佛受到了一股神秘力量的推动。

那么，是什么神秘的力量呢，为什么漩涡是逆时针方向呢？目光敏锐的谢皮罗做了一个水槽代替澡盆，进行了深入的实验研究。

这个水槽的直径为 72 英寸（1 英寸＝2.54 厘米）、深 6 英寸，中心开有直径 3/8 英寸的小孔。为了排除澡盆装的水不可能绝对静止这一干扰，谢皮罗把水放在其中静置了 24 小时之后才放出来。结果，他仍然看到了逆时针方向的漩涡。这就是著名的"澡盆漩涡"即"谢皮罗漩涡"。

1962 年，善于思索的谢皮罗发表了论文，认为这种漩涡和地球的自转有关。

"澡盆漩涡"

消息传开后，1964 年，英国皇家学会特别会员 A. M. 比尼博士，在剑桥大学的工科实验室里做了类似的 15 次实验，结果也得到了逆时针方向漩涡（右手性漩涡）。1965 年，悉尼大学的澳大利亚学者也做了类似实验，不过，得到的是顺时针方向的漩涡（左手性漩涡）。东非肯尼亚

蜂蜜形成的"澡盆漩涡"　有漂浮物的水的"澡盆漩涡"

的一个小镇纳纽基，一家朴实无华的旅馆的澡盆，正好在赤道上，灌满水后泄水时没有形成澡盆漩涡。

真是奇怪，同是通过泄水孔泄水，为什么一些地方（如北半球的美国和英国）的漩涡是逆时针方向，另一些地方（如南半球的澳大利亚）的漩涡是顺时针方向，还有一些地方（如赤道上的肯尼亚）又不形成

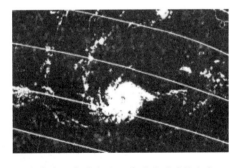

北半球上空的台风：漩涡呈逆时针方向

漩涡呢？

谢皮罗和其他人研究的结果是，这是科里奥利力（简称科氏

力）对流体作用的结果。当然，这对其他流体——例如蜂蜜、有漂浮物的水和空气也是适用的。北半球上空的台风的漩涡，也是呈逆时针方向。

科氏力是地球自转形成的一种惯性力，是地球自转的证据之一，由法国数学家、工程师科里奥利（1792—1843）在1835年最早发现。地

科里奥利

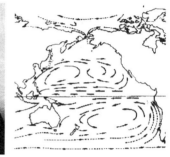
地球上的环状洋流

球受科氏力作用后，会产生许多奇特有趣的现象：可使地球表面形成"贸易风"；使海洋上形成"环状洋流"；使双线道四根铁轨中的内侧两根铁轨，总是比外侧两根铁轨磨损得更厉害；使南北方向流的江河总是右岸被冲刷得更厉害，而形成比左岸更陡峻的峭壁；使"落体偏东"（例如从100米高处自由落体的落点偏东1.5厘米）；使炮弹弹道（特别是远程弹道）偏东；使航船或飞机上的气泡水准仪受到影响。这些现象，统称科里奥利效应（简称科氏效应）。

由于科氏力是因为物体转动引起的，因为原子始终在振动，所以在多原子分子中，如果整个分子在转动，也会产生科氏效应。

科氏效应有许多实际应用。前面提到的炮弹弹道和气泡水准仪的计算，都要用它修正——如果不修正，就会

国葬院外观

傅科

大大偏离。这里有一个实例：第一次世界大战期间，在靠近阿根廷的马尔维纳斯群岛（英国称福克兰群岛）的南大西洋上南纬50°附近，爆发了一场大海战。不管英军的炮弹瞄得再准，却总是打在离德军军舰左边约100米的地方。

科氏效应最有趣的验证，是在科氏力发现16年后的著名的傅科摆实验。

在巴黎，有一个著名的国葬院——法兰西共和国的先贤祠（又译伟人祠）。

巴黎国葬院的大厅

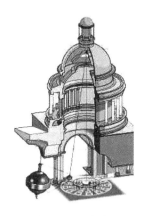

国葬院大厅的傅科摆示意

在1850年的探讨之后，1851年，法国实验物理学家让·伯纳德·利昂·傅科（1819—1868）在国葬院大厅的众目睽睽之下，从大厅的穹顶上悬下一条67米长的铁绳，铁绳的下面系着一个28千克的摆锤，摆锤下方放了一个直径6米的沙盘。每当摆锤经过沙盘上方的时候，摆锤上的指针就会在沙盘上面留下运动的轨迹。按照日常生活的经验，这个硕大无朋的摆应该在沙盘上面画出唯一的一条轨迹。

实验开始了，人们惊奇地发现，摆锤的运动平面在1小时内改变11度多，每经过一个周期（约32小时摆动一圈）的振荡，在沙盘上画出的轨迹都会偏离原来的轨迹——准确地说，在沙盘边缘，两个轨迹之间相差大约3毫米。"地球真的在转动啊！"——有人不禁当场发出了当年伽利略发出过的感慨。

 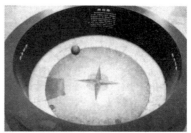

1851 年傅科摆实验的版画　　　北京天文台的傅科摆（俯瞰）

　　由于傅科用杰出的傅科摆实验直接验证了地球的自转，所以获得荣誉骑士五级勋章。

　　傅科摆实验让人们"直接看到"了地球的自转，所以非常有趣和著名，以至于历来被人们津津乐道。

解决声音浑浊之后
——赛宾奠基建筑声学

1895 年，美国哈佛大学又建成了一座新大楼——福格美术馆。它的外观大方典雅，但是过了不久，人们发现它多少有点"金玉其外，败絮其中"——某些功能不像外表那样完美。其中一个不小的缺陷是，中央大厅的音响效果有些浑浊混乱，使厅内的听众听不清讲演者发出的声音。

这种现象叫"交混回响"，简称"混响"。所谓混响，就是声波经多次反射，在空间某区域形成的声音延续现象。混响由直达声和反射声重叠而成。显然，在邻近声源的地方以直达声为主，远离声源的地方则以混响声为主。对一座建筑物来说，混响是影响声音质量的重要因素，混响时间短，则音量不够，音质不好而不动听；混响太长，则声音杂乱，听不清楚。

那么，怎么解决上述偶然发现的听音不清的问题呢？学校请来了本校毕业的研究生华莱士·克莱门特·华勒·赛宾（1868—1919）。

当时的赛宾是一个只有 27 岁的年轻人，在人才济济的哈佛，老师们把这个任务交给他，是因为他们十分了解赛宾，相信他的能力和水平。赛宾也决心不辜负母校的期望。他放下手中其他工作，全力以赴地研究起大厅声音浑浊混乱的问题来。

经过多次试验之后，赛宾于 1900 年发现：在一个房间里，声音的

混响时间 T_{60}（秒）和反映建造这个房间的材料对声音的吸收率与房间总表面积的参量——"赛宾值" A（平方米）的乘积，与房间的容积 V（立方米）成正比。这项在建设学上很有实用价值的发现，是人类历史上第一个计算混响时间的（经验）公式——"赛宾定律"或"赛宾公式"：$T_{60} = KV/A$。它也是建筑声学的奠基公式，其中

赛宾

的" T_{60}"，表示平均声能密度（表现为声音强度）从原始值（即声源停止发声时的值）衰变到 10^{-6}（即声能密度衰减 60 分贝）所需的时间，K 是上述"成正比"的、与空间湿度有关的比例常量，在 20℃时通常取 0.161 秒/米。

由赛宾公式可知，T_{60} 主要由声音反射的环境条件决定。房间越大，房内吸收音量越小，混响时间越长；反之就越短。T_{60} 过短，会使声音沉闷枯燥，而且仿佛是断断续续的；T_{60} 过长，又会使声音含混不清——通常当反射回来的声音的时间与发声音停止时间相差 0.05 秒以上时，才能形成清晰的回声，人耳才能分辨得清。选择适当的 T_{60} 是高音质剧院、影院、播音室等的重要声学条件。例如，一般语言播音室容积为 75 立方米的时候，T_{60} 以 0.35～0.45 秒为宜。

依据赛宾公式设计建筑物的体积和内壁的吸声材料，可以很好地解决混响问题。不久，按赛宾公式设计成的波士顿音乐厅建成了。它的音响效果极好，这是应用赛宾公式的一次巨大成功。很快，赛宾公式就被广泛应用于各种大型建筑物设计之中。

赛宾从厅内出现混响这一缺陷入手，通过深入的研究，最终创立了一门新学科——"建筑声学"。为了纪念建筑声学的创始人赛宾的贡献，物理学界将声音吸收率的单位用他的名字"赛宾"来命名。

　　有关建筑声学方面有据可查的记载，最早出现在罗马建筑师维特鲁威（约公元前75—约前20）在公元前一世纪写的《建筑十书》（也译《建筑论》或《建筑术》）中。书中记述了古希腊剧场中的音响调节方法，如利用共鸣缸和反射面以增加演出的音量等。在19世纪末，欧洲经典声学发展到最高峰，而在20世纪初赛宾提出的著名的混响理论，则使礼堂、剧院等建筑的设计有"章"可循。

一箭双雕的发现

——"热质"与"燃素"的覆灭

自 17 世纪末到 1774 年，法国化学家拉瓦锡（1743—1794）提出燃烧的"氧化说"之前的近百年间，欧洲盛行着一种"燃素说"。德国化学家

拉瓦锡　　　　　　　贝歇尔

贝歇尔（1635—1682）和施塔尔（1660—1734）是这个学说的创建人。他们认为万物内都有"燃素"，生物体内因为有了它而富有生机，无机物内有了它而引起燃烧。

自古以来，人们对热就有不同的看法。在 16—18 世纪的欧洲，大致分裂为两派——分别主张"运动说"和"热质说"。

弗兰西斯·培根（1561—1626）、波义耳（1627—1691）、洛克（1632—1704）、胡克（1635—1703）、牛顿等英国哲学家或科学家，法国数学家笛卡儿（1596—1650），俄国化学家罗蒙诺索夫（1711—1765）等认为，热是一种"运动"。

而法国化学家皮埃尔·伽桑第（1592—1655）和英国化学家约瑟夫·布莱克（1728—1799）、荷兰化学家兼植物学家波尔哈夫（1668—

1738）等，却认为热是一种"物质"，存在于一切物体之中。

由于英国发明家瓦特（1736—1819）对蒸汽机的改进，法国数学家傅立叶（1768—1830）依据"热质说"的物理图像建立了热传导理论，布莱克发现了比热和潜热，法国物理学家卡诺（1796—1832）提出消耗从

施塔尔　　　　　　布莱克

热源取得热量而得到功的理论，使"热质说"在当时压倒了"运动说"。

在这个时候，美国物理学家本杰明·汤姆森（1753—1814），即伦福德伯爵（Count Rumford），却对"热质说"和"燃素说"说"不"。

汤姆森出生在美国东北部新英格兰地区马萨诸塞州北沃布恩（North Woburn）一个社会地位较低的家庭，距离另一位美国物理学家（兼政治家）本杰明·富兰克林（1706—1790）的家仅3千米。汤姆森从小热爱科学，惯于思考、精力过人，他在北沃布恩被怀疑是国家的敌人而受到逮捕和监禁以后，22岁逃离家乡来到英国，然后辗转漂泊欧洲，几次往返于英伦三岛

本杰明·汤姆森

和欧洲大陆之间。由于他对改善慕尼黑贫民生活的贡献，在1791（一说1790）年被德国巴伐利亚政府封为伦福德伯爵。再返英国后，他于1800年创建了英国皇家科学院。

1798年初，汤姆森在德国慕尼黑一家兵工厂监制大炮。当时的火炮管是用钻孔法生产的，工人用冷水来冷却。在一次钻孔过程中，他惊奇地发现，炮管在短时间内就热得发烫，并且从炮管上旋

下来的金属屑"热量更大"（指温度更高），足以把水烧沸。例如，150分钟就让18.75磅（约合8.5千克）的水沸腾。只要不断工作，这些高温的碎屑将不断产生。现在我们知道，这就是"摩擦生热"现象。

此时，汤姆森开始思考，既然碎屑传给水的热量那么多，那么所谓的"燃素"又从何而来呢？这不是反而证明根本没有"燃素"和"热质"吗？当他认识到这一现象的重大意义之后，当即表现出"孩子般的喜悦"。

这一偶然发现，把"热质与燃素一起埋葬在同一个坟墓中"。1798年1月25日，汤姆森在英国皇

钻炮筒孔的时候发出大量的热

家学会会议上，宣读了他的有关论文："最近我应约去慕尼黑兵工厂领导研制大炮的工作。我发现，铜炮在钻了很短的一段时间以后，就会产生大量的热；而被钻下来的铜屑更热——像我用实验证实的那样，它们比沸水还要热。"于是，他得出结论，这些现象无法用"燃素说"和"热质说"来解释——铜炮身内如果有"热质"与"燃素"的话，它们就会随高温的碎屑把它们带走而竭尽，但事实却不是如此。

就这样，汤姆森成为第一位抓住机遇，直接用实验结果驳斥"热质说"和"燃素说"的人。他前述的钻炮管实验也成为肯定热的"运动说"和否定"燃素说"的"判决性实验"。

汤姆森的实验引起了不小的反响。在他的影响下，英国化学家戴维（1778—1829）在1799年发表了《论热、光和光的复合》一文，介绍了他在真空中用钟表机件摩擦冰块并使它融化为水的实验。他的类似于汤姆森钻炮管的这个实验，得到了类似于汤姆森的结果，也激励更多的人去探讨这个问题。多才多艺的英国物理学家、博学家、医生

托马斯·杨（1773—1829）也在他于 1807 年出版的《自然哲学》一书中驳斥了"热质说"。

虽然"热质说"的拥护者十分顽固，但是到 19 世纪中叶以后，随着热功当量的测定和能量守恒定律的建立，"热质说"就被彻底摧毁了。伦福德的开创性工作为"热质说"和"燃素说"的最终崩溃，以及能量的转化和守恒定律的建立，奠定了坚实的基础。

它们为何"顽固不化"
——气体临界点的发现

"法拉第先生,"约翰·帕里斯(1785—1856)教授把身体倚在大实验桌上,盯着试管看了一阵,忽然说,"你的试管不干净!"

1823年的一天,在英国物理学家法拉第(1791—1867)所在的皇家学院实验室,来了一位客人——威斯敏斯特医院的医师帕里斯。他是应英国化学家、皇家学会会长戴维(1778—1829)的邀请,到戴维家吃晚饭的。由于时间还早,

"你的试管不干净!"

就顺路到这里看法拉第做氯水分解成氯气的实验。

法拉第听到"不干净"之后,心里非常惊诧——在皇家学院实验室里,他向来以有条不紊和整齐清洁著称,听到这样的话,还是"大姑娘上轿"——头一回。

真是"不干净"吗?当法拉第"定睛一看"之后,就知道帕里斯并不是在开玩笑。原来,他密封着的试管的确"不干净"——内部上端(冷端)有几个清清楚楚的黄色油斑!

"怎么会是这样呢?"做了十多年化学实验,却从来没有用过"脏试管"的法拉第,决不相信这个"事实"——他要查个水落石出。

法拉第用锉子轻轻地在"脏试管"上锉了一道痕迹之后,就敲碎

了试管。突然，他俩都闻到了刺鼻的氯气味。接下来的现象，更让他们目瞪口呆——"脏试管"突然变得一干二净，根本就没有什么黄色油斑！那么，这"来有影去无踪"的黄色油斑究竟是什么东西呢，为什么会"去无踪"呢？

经过法拉第认真研究之后，"油迹之谜"终于被破解。"油迹"是液态氯——因为受热的氯气在密闭的试管中压强增大并上升变冷而成。液态氯在空气中会变成气体，当然就"去无踪"了。不但如此，他在分析了帕里斯偶然发现的油斑与它的成因之后，抓住机遇研究，找到了液化氯气的方法——加压和降温。

为什么加压和降温可以液化氯气呢？

大家都知道，在温度低于沸点之后，气体会成为液体。可是，在18世纪的时候，人们还得不到很低的温度，因此许多气体不能被变成液体。

到了19世纪末，事情有了转机。荷兰物理学家、发明家马丁·范·马伦（1750—1837）在世界上第一次用加大压强的方法，把氨气变成液体。从此，加压和降温双管齐下，就成为科学家们液化气体的又一利剑。双管齐下能液化气体的原因是，加压让气体分子的距离变近了。1823年，法拉第协助戴维用这一方法陆续将硫化氢、氯化氢、二氧化硫、乙炔、二氧化碳等气体液化。1835年，法国发明家阿德里安－让－彼埃尔·蒂洛勒尔（1790—1844）也有研究成果：率先制得了大量的液态与固态的二氧化碳（俗称"干冰"），并把干冰与乙醚混合起来得到更低的温度。在同年10月12日法国科学院的会议上，宣读了他制得干冰的一封来信表明，他是制得干冰的第一人。

直到1845年，人们即使把氧气、氮气、氢气、氦气、一氧化碳、甲烷等少数几种气体降温到－110℃、加压到3 000个大气压，它们仍"顽固不化"，不肯变为液体。于是，这几种气体被称为"永久气体"。"永久气体"的意思是，不管用什么方法都不能把它们变成液体——它们只有气态，没有液态。不过，这一错误认识在1869年终于被纠正过来。

早在 1822 年，法国物理学家、化学家托尔（1777—1859）就发现了一个奇怪的现象——他把酒精密封在一个装有石英球的枪管中加热，当加热到某一温度的时候，酒精突然全部转变为气体，这时达到 119 个大气压。这一实验使托尔成为实际发现气体的"临界温度"——也称"绝对沸点温度"或"临界点"的第一人。不过，他对此不能做出解释，也不知道这一现象与前述气体不能被液化的现象有什么关系。

1869 年，爱尔兰物理学家、化学家托马斯·安德纽斯（1813—1885）等人，通过几年的实验研究发现，任何气体都有一个临界点（这一名词也是他在 1869 年首先提出来的）。温度高于这个点，无论如何加大压强，气体也不会被液化。这一重大发现，不但纠正了存在"永久气体"的误解，也为进一步液化这些"永久气体"指明了方向——只要低于临界点对它们加压，就可被液化。

安德纽斯

1861 年，安德纽斯用比前人更好的设备，用二氧化碳作工作物质做气液体转化的实验。实验后，他做出了完整的体积－压强图。从这个图可以看出，温度足够高的时候，气体服从波义耳定律；当温度高于临界点的时候，无论加多大的压强也不会使气体液化。他的实验研究为认识分子间的作用力开辟了道路——其后，人们认识到分子间存在引力和斥力。

认识到气体有临界点之后，人们有了理论依据，就用加大压强和降温到临界点以下的方法液化各种气体。随着低温技术的发展，前述"永久气体"陆续被物理学家们（有的还是化学家）液化：氧气，1877 年分别被法国的路易斯·保罗·盖勒德（1832—1913）和瑞士的毕克特（1846—1929）液化；氮气，1878 年、1883 年分别被盖勒德，以及奥匈帝国的乌洛列夫斯基（1845—1888）和奥尔舍夫斯基（1846—

1915）合作用改进过的方法液化；氢气，1898 年被英国的杜瓦（1842—1923）液化；氦气，1908 年被荷兰的昂纳斯（1853—1926）液化。至此，所有的气体都被液化了。

从气体临界点的发现过程可以看出，在科学研究中，当用原有方法（此例为加压和降温，但降得不够）不能奏效的时候，就说明其中必有奥秘。此时，应进一步研究，才能找出原因，揭开其中的奥秘，而不应就此打住，更不能由此臆断，得出错误的结论。

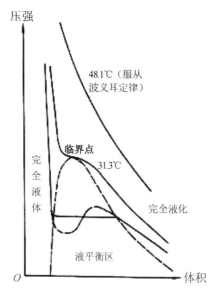

二氧化碳的等温线——压强－体积关系

物质是否都有"生命"
——布朗运动的发现

"奇怪，怎么花粉老是动个不停？"

入伍当过助理外科军医的罗伯特·布朗（1773—1858）是一位英国植物学家，1820 年担任大英博物馆馆长。

1827 年 6 月的一天，布朗同往常一样，用显微镜观察克拉花的花粉标本。他在观察中意外发现，悬浮在液面上的花粉微粒老是在不停地作无规则的运动，于是就有了前面的疑问。

罗伯特·布朗

是什么神秘的力量使这些花粉动个不停呢？为了找到答案，布朗又观察了收集到的所有新鲜花粉的标本，也观察到类似现象。开始，他怀疑这种运动是因为花粉"有生命"引起的，于是他用酒精将这些花粉"杀死"，但花粉们却仍然"生龙活虎"，永不疲劳地到处乱窜。

那么，"无生命"的细粉又怎么样呢？接下来，布朗又进一步用煤粉、玻璃粉、各种岩石粉和金属粉等细粉进行实验，还是得到类似的结果。后人就把布朗实验发现的这种现象命名为"布朗运动"。

布朗将他实验的详细经过和研究写成了两篇论文《植物花粉的显微观察》和《论有机物和无机物中活性分子的普遍存在》，在 1828 年 6—8 月发表。他在论文中没能阐明这种运动的原理及其物理规律性，因此，对布朗运动的研究成为其后众多物理学家致力于研究的重要课题。

1843 年，布朗的学生罗韦尔在坐标纸上绘制出第一张跟踪三个粒团的布朗运动图像。人们还用"溶液中温度不均匀"来解释这种永不停息的运动。甚至有人持"世界感觉复合论"观点，认为这种运动是由于外界的影响，如振动和对流等产生

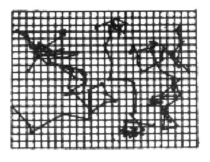

显微镜下看到的布朗运动

的。英国物理学家麦克斯韦（1831—1879）认为这是外界环境的某种骚动。通过许多学者的多次反复实验探索才初步证实，即使温度足够低，溶液中各处温度分布均匀，而且在尽量避免外界干扰的情况下，仍可看到布朗运动。由此可见，这些猜测都是错误的。

直到 19 世纪 60 年代以后，才有人把这种现象同气体运动联系起来，认为这是由于不停运动着的液体分子碰撞悬浮微粒所引起的。在 1876 年，英国化学家拉姆齐（1852—1916）认为，布朗运动是由于花粉微粒与分子碰撞的结果。此后的 1887 年，比利时物理学家德尔索克斯（1828—1891）和卡尔邦纳尔（1829—1889）解释说："如果微粒的表面积小于确保所有的无规则运动被相互抵消所必需的面积，那么它们的合力不再为零而不断地改变运动的强度和方向。"同年，德尔索克斯还在大量的实验后指出，真正原因是溶液分子的涨落所致，只要布朗粒团某侧分子较多，则粒团所受合力就不为零而会引起分子运动。法国物理学家古伊（1854—1926）在 1888 年也认为，布朗运动是水分子撞击微粒的结果，是近代关于热的假说的直接可靠的一个证明。1900 年，德国物理学家西登托普夫（1872—1940）也得到类似的结论。遗憾的是，这些工作并没有引起奥地利物理学家玻耳兹曼（1844—1906）等对气体分子运动论有重大建树的科学家的注意，因而布朗运动还没有引出重大成果。

对布朗运动的定量研究的突破来自爱因斯坦。1905 年，他写了有

关这一课题的两篇论文，其一为《分子大小的新测定法》。作为他的博士论文，他认为这是一个对热分子运动论关系重大的问题，希望实验物理学家予以检验。其后，波兰物理学家斯莫卢霍夫斯基（1872—1917）、法国物

5. Über die von der molekularkinetischen Theorie der Wärme geforderte Bewegung von in ruhenden Flüssigkeiten suspendierten Teilchen; von A. Einstein.

In dieser Arbeit soll gezeigt werden, daß nach der molekularkinetischen Theorie der Wärme in Flüssigkeiten suspendierte Körper von mikroskopisch sichtbarer Größe infolge der Molekularbewegung der Wärme Bewegungen von solcher Größe ausführen müssen, daß diese Bewegungen leicht mit dem Mikroskop nachgewiesen werden können. Es ist möglich, daß die hier zu behandelnden Bewegungen mit der sogenannten „Brown schen Molekularbewegung" identisch sind; die mir erreichbaren Angaben über letztere sind jedoch so ungenau, daß ich mir hierüber kein Urteil bilden konnte.

《分子大小的新测定法》，1905 年 5 月 11 日载于《物理评论》

理学家朗之万（1872—1976）进行了验证，在 1906—1908 年间，瑞典化学家斯韦德伯（1884—1971）和德国物理学家泽迪希（M. Seddig）也进行了验证工作。

布朗运动最精密可靠的结果却是由法国物理学家佩兰（1870—1942）在 1908 年得到的。在朗之万的建议下，他在巴黎大学开展了一系列研究布朗运动理论的实验。同年，佩兰用奥地利－德国化学家齐格蒙弟（1865—1929）与德国物理学家西登托普夫等在 1903 年发明的、比普通光学显微镜分辨率高 20 倍的超显微镜，观测肥皂泡上的"黑点"

佩兰

支托的小水滴，结果完全证实了爱因斯坦等人的理论预测。他于 1908 年发表了 4 篇论文，次年又发表一篇长达 114 页的题为"布朗运动和分子的实在性"的论文，阐述他的成果。佩兰还以"物质不连续结构与沉积平衡"为题的相关研究，独享 1926 年诺贝尔物理学奖。

芝加哥大学的美国物理学家密立根（1868—1953）和弗莱彻（1884—1981），则在 1911 年合作做了在气体中存在布朗运动的实验。

布朗运动永不停息，温度越高越剧烈。布朗运动不是分子运动，而是分子微观集团运动引起的最直接的结果。布朗运动是大量分子无

规则运动的统计现象，实际是分子运动这种微观现象的宏观表现。在液体和气体中悬浮的尘埃、烟雾等都有这种相似的运动现象。

在 1986 年，有中国学者用计算机模拟布朗运动，再次使人们认识到布朗运动规律还只是宏观世界与微观世界中的古典显秩序规律，而其隐秩序规律还未被认识。近年，有人借助于计算机和激光做布朗运动的模拟实验又有新发现：布朗运动并不像人们认为的那样是一种随机过程，而是对于自身运动存在某种"记忆"，即含有一定数量的集体中，以前相遇过的粒子将相互"提示"彼此以前的速度。这些新的发现说明人们对布朗运动的认识并未完结，对它的研究仍将可能导致新理论诞生，并且将列为实验物理学的重大课题之一。

一个植物学家抓住机遇研究观察花粉时的偶然发现，引来了之后众多不限于"植物"的科学成果，这在科学史上也是一段趣闻佳话。布朗粗略证明了分子运动的存在和分子运动的杂乱性、内存性和永恒性。为统计力学——特别是涨落理论奠定了基础。使科学家们测定分子大小的多年夙愿变成现实。证明了原子的存在，使延续了一个世纪的原子实在性的争论在 1908 年佩兰的实验之后结束——这从科学思想史和哲学史的角度来看，都有重大意义。

"鬼怪"挑战热力学
——姆潘巴效应之谜

埃拉斯托·巴尔托洛梅奥·姆潘巴是坦桑尼亚马干巴中学（Magamba Secondary School）的学生，具有爱动手动脑的特点，平时常自制冰激凌。学校中孩子们做冰激凌的方法，通常是先煮沸牛奶，加上糖，待冷却之后倒入制冰块的盘中，然后放进冰箱的冷冻室。由于有许多孩子要做冰激凌，冰箱不够用，因而孩子们经常争着优先占用冰箱里的空间。

把质量相同的冷水和热水同时放进电冰箱，谁会先结冰？

1963年，姆潘巴读初中三年级。一天，他从当地一个妇女那里买了牛奶正在煮的时候，另一个孩子看到他在煮牛奶，就飞快地把没煮的牛奶掺上糖抢先倒进冰盘，以免失去优先使用冰箱的机会。姆潘巴的想法是，如果要等到牛奶烧开并冷却后才放进冰箱的话，就不能获得优先使用冰盘的机会了。于是他决定冒着弄坏冰箱的危险，趁热把糖放入牛奶中并立即放入冰箱。一个半小时之后，他们打开冰箱，准备取出结冰的牛奶即冰激凌。这时，姆潘巴大吃一惊：自己放入的较热的牛奶全结了冰，而另一个孩子原来较冷的牛奶却没有结冰——还是稠稠的液体！

姆潘巴将这个使他"大吃一惊"的现象告诉他的物理老师，并问为什么热的牛奶反而先结冰。"你一定弄错了，这样的事绝不可能发生。"

物理老师回答，"因为这与已知有关的物理规律毫不相容——热牛奶先要变成冷牛奶后才会结冰啊！"

后来，人们把这类在相同的冷冻条件下，同体积同种类的热液体反而比冷液体先结冰的现象，称为"姆潘巴效应"（Mpemba effect）或"姆潘巴现象"。由于姆潘巴又名姆潘姆巴，所以也叫"姆潘姆巴效应"（Mupainmubar effect）。

姆潘巴对此一直迷惑不解。经过毕业考试，姆潘巴进入了伊林加（Iringa）的姆瓦瓦高中（Mkwawa High School），第一课就讲到热学。

"老师，为什么热牛奶先结冰？"一天，当老师讲到牛顿冷却定律的时候，姆潘巴就这样问。

"我能给你的回答是——你一定弄错了。"老师回答。

姆潘巴想继续说下去，但老师不愿听，还说："我说这是姆潘巴的物理，而不是普适的物理。"

从此以后，只要姆潘巴做题查对数表等的时候出了错，这位老师就说："这是姆潘巴的数学。"整个班也接受了这个"绰号"：姆潘巴不管做什么事，只要出了错，师生们就会说"这是姆潘巴的什么什么"，然后哄堂大笑。

姆潘巴并没有因此放弃自己偶然得到的实验事实，而是继续研究。他用姆瓦瓦高中生物实验室的冰箱重做实验，把两个容积都是 50 立方厘米的烧杯，分别装上刚烧开的 100℃ 的开水和约 35℃ 的冷自来水，同时放进冰箱一个小时后，发现两个烧杯的水都没有完全结冰，但是装开水的烧杯中结的冰比装冷水的烧杯中结的冰多一些。这就再次证实了姆潘巴效应。

这一年，坦桑尼亚首都达累斯萨拉姆大学物理系主任丹尼斯·奥斯玻恩（Denis G. Osborne）教授，应姆瓦瓦高中的校长来访。姆潘巴向他提出了前述 100℃ 与 35℃ 同体积的水哪一个先结冰的问题，教授先笑了一笑，然后要他重复提问一遍。教授听清楚了之后，还问姆潘巴做没做过实验，姆潘巴一一作答。最后，教授答应，保证回首都之后亲自做这个实验。

这一消息传开之后，许多人都做了类似的实验——结果和姆潘巴继续做的实验、奥斯玻恩回首都做的实验一样，都证实了姆潘巴效应。

其后，成为大学生的姆潘巴与奥斯玻恩联合研究，并对姆潘巴效应给出了一个并不圆满的解释。他俩的论文《冷却？》（*Cool?*），发表在 1969 年英国的《物理教育》（*Physics Education*）杂志第 4 卷第 3 期第 172 页上。

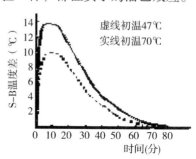

虚线初温47℃
实线初温70℃

一些人做过的对比实验曲线图

对姆潘巴效应，有人这样解释：决定物体冷却快慢的是损失热量的速度。热牛奶在急剧冷却的时候，上部和下部的温差比较大，因此液体中存在着较快的对流，并且上表面温度愈高，向环境散发热量愈快。由于这两个原因，所以热牛奶在冰箱中比冷牛奶降温更快。

一些科学家基于用物理定律不能解释姆潘巴效应的前提出发，认为原因不是在物理学方面，而是在生物学方面：科学家们已成功地分离出在较高温度下形成冰晶的细菌。

中国的 1997 年第 5 期（内页误为 4 期）《自然杂志》载文，将姆潘巴效应列为当今世界 97 个物理难题中的第 13 个。

近年来仍在继续进行的研究，有可能进一步揭开姆潘巴效应之谜，且有可能出现大大超出更快制造冰激凌这类实用技术的理论成果。

在 2006 年，美国华盛顿大学的乔纳森·卡茨经过多年研究后认为，出现这种效应的牛奶中必有"鬼怪"——碳酸盐（如碳酸钙、碳酸镁）这类"硬物"。我们知道，含有这类"硬物"较多和较少的水分别叫"硬水"和"软水"。硬水（例如冷牛奶）比软水（例如热牛奶）的冰点要低一些——这可以用热力学中著名的拉乌尔定律来解释。

读者此时要问，姆潘巴和他的同学用的是同样的牛奶啊——怎么冷牛奶中的"鬼怪"就比热牛奶中的多呢？这个问题不难回答。举例来说，我们把硬水烧开之后，水中大部分的"硬物"就被"驱除出境"而成为软水了——证据是烧水的水壶内壁都有大量的水垢。卡茨认为，同样的道理，当冷牛奶烧成热牛奶之后，牛奶中的"硬物"也被"驱除出境"了。这样，就出现姆潘巴效应。

对姆潘巴效应，国内外有不少人做过大量的实验——例如中国的一些师生在"研究性学习"中的实验，但是，多数都没能看到热水或热牛奶先结冰的现象。他们由此得出结论：姆潘巴效应是骗局——"20世纪十大科技骗局"之一，宣传存在姆潘巴效应是"伪科学"。其实，这种结论本身就不科学——这些人想用次数很少的实验来否定一个理论。事实上，科学方法论告诉我们，有限次数的实验不能确立或推翻一个理论——最著名的例子是爱因斯坦创立的相对论，虽然已经有许多实验验证了它的正确性，但至今还没有完全确立。

那么，怎样来解释这些人没能看到姆潘巴效应呢？卡茨认为，这些实验者一开始就是用的软水，而冷热软水的结冰速度和对流快慢的差异并不明显，所以并不是每次都能和姆潘巴效应"第二次握手"。

必须指出，卡茨的研究和解释，并不是姆潘巴效应的"终极答案"——科学从来就没有"终点"，但是和目前的其他答案相比，他的答案最有说服力。我们对姆潘巴效应的正确态度应该是"骑驴看唱本——走着瞧"。当然，正如香港武侠小说家古龙（1938—1985）所说："世界上有很多看起来很复杂玄妙的事，答案往往很简单。"也许姆潘巴效应就是这种事。

其实，古代科学家——例如古希腊的亚里士多德，就在公元前约350年描述过热量对水冷却的各种影响："热水迅速降温是一个事实，因为它可以更快地冷却。"近代的英国科学家、哲学家弗兰西斯·培根在1620年也指出："略微温暖的水比极冷的水更容易结冰"。法国数学家、物理学家笛卡儿则在著名的外研社中译本书名《谈谈方法》（*Discourse on the Method*）一书中，用他的"涡旋理论"（vortex theory）加以解释。迪斯卡茨在1637年也发现过类似现象。苏格兰医生、化学家与解剖学家约瑟夫·布莱克，发现过非常冷的、未煮沸的水，与先前煮沸的水同时结冰的现象。当然，他们都不可能做出合理的解释。

布莱克

姆潘巴效应的故事给我们许多启示。当理论不能解释事实的时候，不是削足适履去否定事实，而是要修正、发展甚至推翻原有的理论，建立新的、更完善高级的理论。在遇到"小人物"发现"怪"现象或提出"怪"问题，而原有理论不能解释的时候，"权威人物"不应一笑了之或讥笑嘲讽，否则新的发现很有可能与我们擦肩而过。"小人物"也不应迷信权威，否则会追悔莫及。我们还可以看到善于观察的重要性——发现那些"异常"现象，经过实验证实并寻找原因，才不会错过发现真理的机遇。这正如俄国化学家门捷列夫（1834—1907）所说："科学的原理起源于实验的世界和观察的领域。观察是第一步，没有观察就不会有接踵而来的前进。"

光线为啥一变为二
——神奇的双折射现象

"啊，太神奇了!"台下的人异口同声地惊呼。

这是 2009 年 5 月重庆"科技活动周"上的"魔法表演":一个人好好地躺在舞台上，却被一个盒子"碎尸"——头和身子被分成几大块，但头还冲着观众微笑。还有"穿墙术"表演:一块黑色挡板把一根玻璃管隔断成了互不相通的两部分，但只要轻轻一抬，玻璃管内一个红色小球就能从一边自由地"穿墙而过"，到另一边去。

那么，这些"魔法表演"是怎么实现的呢?

1984 年 10 月，河北承德的几个农民捡到一块 2.6 千克的石头，当时价值 3 万多元。人们十分惊奇——什么石头这样昂贵?

原来，它就是具有"双折射（现象)"这种"特异功能"的"冰洲石"。

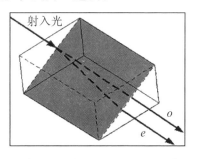

一束光射入介质经折射后分成两束

所谓双折射，是指同一束光射入介质经过折射之后分成两束的现象。其中一束仍然沿着直线前进的光叫"寻常光"(o)，另一束要"转弯"的光叫"非寻常光"(e)。

冰洲石是方解石的一个无色透明的亚种，一种碳酸钙矿物晶体。由于它晶莹透明，古代人们常用它来镇书或纸。

那么，双折射是怎么发现的呢?

巴索里内斯

1669 年的一天，丹麦科学家巴索里内斯（1625—1698）同往常一样，也用一块冰洲石压在书上。突然，他被一个奇怪的现象惊呆了：压在透明冰洲石下的字有双影——原来书上的一个字变成了两个。他觉得很奇怪，又好奇地将它转动一个角度，但仍然能看到双影。其后，他经过研究还发现，当绕着入射光方向转动晶体的时候，字的一个影子不变——他称之为"寻常折射"；另一个影子的亮暗则随冰洲石转动的角度而变——他称为"非寻常折射"。

这种神奇的光学现象，是继光的干涉和衍射之后的又一新光学现象。能否正确解释这种现象，是对光的"波动论"和"微粒论"这两派物理学家的考验。荷

冰洲石

兰物理学家、数学家惠更斯（1629—1695）在得知巴索里内斯发现的奇怪现象之后，立即进行了重复实验。最终，他得知其他晶体（例如石英）也有这种现象，并确定寻常折射仍然遵守折射定律，而非寻常折射则不遵守折射定律。1678 年，惠更斯又巧妙地提出了椭球波理论，认为方解石等晶体的颗粒可能具有特殊形状，导致光线通过的时

马吕斯　　　　　　菲涅耳

候，在某一方向比在另一方向传播得更快一些，于是就出现了双折射。

后来，人们又陆续发现云母、电气石等各向异性的介质都存在双折射现象。而各向同性的水、玻璃等则不发生双折射。

双折射有许多用途。以液晶的双折射为例，可以用某些种类的液晶来产生黑白或彩色的图像。

1809年，法国物理学家、军事工程师马吕斯（1775—1812）在实验中发现了光的偏振现象，这有利于深入研究双折射和光的本性。

光线从背面照射一种有机液晶——向列型液晶时，有的地方亮，有的地方暗，可形成图像

约1820年，法国物理学家、数学家菲涅耳（1788—1827）明确指出，双折射是由于光对各向异性晶体的作用。也就是说，这些晶体在不同的两个方向上有各自不同的折射率——或者说光速在两个方向上不同。菲涅耳对双折射成因的正确解释，指出了获得偏振光的正确道路。

大约在1856年，德国眼科学专家冯·麦顿海默（Von Mettenheimier），发现髓磷脂（一种包围着神经元的脂质）也有双折射。人们大为惊异，因为当初以为只有晶体才会有双折射，而有机物不会有双折射。随后，人们发现大量动物和植物中的有机物也有双折射。人们就把这些物质叫作"活晶体"。

冯·麦顿海默

后来，人们又陆续有如下的新发现：拉伸或压缩诸如玻璃、塑料、环氧树脂等的时候，也会产生双折射——光的弹性效应。放在电场中的一些非晶体（如硝基苯），也产生双折射——克耳（电光）效应（1875年发现）。克耳全名约翰·克耳（1824—1907），是苏格兰物理学家。放在磁场中的一些压电晶体（如磷酸二氢铵、磷酸二氢钾），也产生双折射——泡克耳（电光）效应

（1893 年发现）。泡克耳（1862—1935）全名艾格尼丝·路易丝·威廉敏娜·泡克耳，是出生在意大利威尼斯的德国化学先驱、女物理学家。1950 年，A. 埃利奥特和 J. 安布罗斯，发现了一种高聚物溶液中的双折射现象，等等。

这些效应的发现，使源于冰洲石双折射的偏振光得到了广泛的应用。

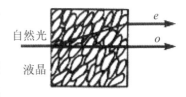

液晶的双折射现象

大约在 19 世纪初，英国物理学家兼化学家武拉斯顿（1766—1828），用方解石发明了一种能产生偏振光的光学仪器——由两个直角棱镜组成的武拉斯顿棱镜。它可以把分解成的两条光线中的一条除去，只剩下一条具有相同振动方向的光——偏振光。

1828 年，英国物理学家尼科耳（1768—1851），也用方解石发明了另一种更为著名的偏振光光学仪器——尼科耳棱镜。和武拉斯顿棱镜不同的是，它只用一个棱镜。

后来，尼科耳棱镜被应用于许多光学仪器，如显微镜、分光镜、偏光仪和旋光测糖仪，军事上的射程仪和测距仪，一些电视机及航天技术、遥感技术中也少不了它。

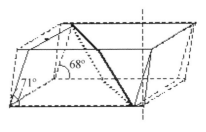

尼科耳棱镜的几何结构

1928 年，美国哈佛大学一年级的学生埃德温·赫伯特·兰德（1909—1991），也制成了一种偏振光片，并在次年取得专利。

故事开头提到的"魔法表演"，就是利用偏振光片来"弄虚作假"。人们所看到的玻璃管内的黑色挡板其实并不存在——它仅仅是光线经偏振光片折射之后人眼产生的错觉。

现在，诸如光测弹性仪、汽车前灯、有声电影、电视和主动型光纤传感器等仪器、设备中，都要用到偏振器件。根据反射光的偏振性质，可以探索小到原子核，大到银河系的奥秘。

波长为何增大
——康普顿效应的发现

"啊，怪了，这次实验结果怎么和以前不同呢？"

惊奇发问的是美国物理学家康普顿（1892—1962）——1922年的一天，在圣路易斯华盛顿大学的实验室里。那么，康普顿看到了什么"不同"呢？

原来，康普顿把来自钼靶的 X 光投向石墨，观测被散射后的 X 光的时候偶然发现，在散射光

康普顿

中，除了与入射光波长相同的光，还有比入射光波长更大的散射光。

如何解释这传统理论不能解释的波长增大的光呢？康普顿进行了进一步的研究，最终大胆地得出以下著名的"康普顿效应"或"康普顿散射"。

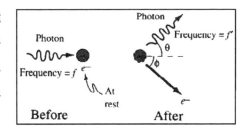

康普顿散射示意

①散射光波长增大的长度 $\triangle \lambda$ 与散射角 φ、普朗光常量 h、电子质量 m_0、光速 c 之间的关系式是：$\triangle \lambda = h (1 - \cos \varphi) / (cm_0)$。

②这两种波的强度随散射角变化的规律是：散射角增大的时候，波长不变的光的强度变弱；波长增大的光的强度增强。

③散射物原子序数越大，散射光中波长增大的波的强度越低；波

长不变的波的强度越高。

康普顿效应成为光量子存在与否的判决性实验，证明在微观领域中光子能量和动量依然守恒，也使 X 光的本性（这个本性是具有波粒二象性的光子）问题得到彻底解决。他也因此成了 1927 年诺贝尔物理学奖的两位得主之一。

吴有训

1923 年 5 月，康普顿在《物理评论》发表论文《X 光受轻元素散射的量子理论》，公开了康普顿效应，但当时并没有立即得到公认。例如，一份有关报告，却不能写进正式文件中。原因是，在交付出版前，必须经过美国研究委员会的物理科学部所属的一个委员会讨论，但委员会的主席、国际著名的 X 光专家、哈佛大学教授威廉·杜安（1872—1935）却反对把康普顿的研究成果写进去。杜安反对的原因是，他的实验室也在做这类实验，却得不到同样的结果，所以康普顿是错误的。

德布罗意

后来，经过康普顿本人和他的学生——中国留美物理学家吴有训（1897—1977）巧妙的实验研究，并发表一系列论文进行阐述之后，康普顿效应才在 1925 年得到公认。吴有训最突出的贡献是测定了 X 光散射光中波长增大的光和波长不变光的强度之比随散射物原子序数变化的特性曲线，证实并发展了康普顿的量子散射理论。有的文献又把康普顿效应称为"康普顿－吴有训效应"。

康普顿效应在物理学领域还有其他许多重要意义。如证明了轻、重原子有不同的结构，为原子结构的新模型再次提供了有力证据。光子的波粒二象性被证明以后，证明其他微观粒子的波粒二象性就成了坦途。事实上，法国物理学家德布罗意（1892—1987）在 1923 年提出的物质波理论，在 1927 年就被美国物理学家戴维森

戴维森（左）和革末

（1881—1958）和他的助手革末（1896—1971），以及英国物理学家约瑟夫·约翰·汤姆森的独生子乔治·佩吉特·汤姆森（1892—1975）证实。对区别于旧量子论的新量子论的建立提供了实验依据，验证了狭义相对论，等等。

进入 20 世纪以来，许多科学家都在做类似康普顿的实验。那么，是否"幸运之神"特别宠爱康普顿呢？由以下事实可看出——科学机会人人均等。

由于 γ 射线的康普顿效应比 X 光显著，所以早在 1904 年，英国物理学家伊夫（A. S. Eve）在研究 γ 射线的吸收和散射的时候，就首先发现了康普顿效应的迹象。6 年以后的 1910 年，英国物理学家弗罗兰斯（D. C. H. Florance）也证明γ 射线的二次散射线决定于散射角，与散射物材料无关；而且散射角越大，吸收系数也越大。1913 年，加拿大麦吉尔大学的物理学家格雷（J.

乔治·佩吉特·汤姆森

A. Gray），还进一步精确测量了散射线强度，发现 γ 射线的散射角越大，所散射的射线的强度就越低。以上实验事实明确地摆在物理学家面前，但当时就是找不到正确有力的解释——根本原因是囿于经典物理学的理论，物理学家们不愿接受革命性的光量子理论。

1919 年，康普顿才接触到 γ 射线散射问题的研究，后来又转入 X 光的散射研究。有趣的是，在他发现康普顿效应的时候及其之前，他却是光量子论的反对者，几个月之后才改变了观点。他从偶然的发现入手，深入探索现象起因的时候，最初也和别人一样，走了不少弯路。他开始是用约瑟夫·约翰·汤姆森的电子散射理论来解释 γ 射线和 X 光的散射，后来又用大电子模型和荧光辐射理论来解释，但最终还是打破传统，找到了这些现象发生的关键原因，并创立了新的理论。这就是康普顿的高明之处。

"怀疑和信仰，两者都是必需的。怀疑能把昨日的信仰摧毁，替明日的信仰开路。"法国作家罗曼·罗兰（1866—1944）的这句名言，有助于我们解读康普顿。他具有怀疑和信仰的双重品质——当实验事实对昨日的信仰、理论说"此路不通"的时候，就毅然大胆地去"披荆斩棘"，辟开新路。

旅途看海之后
——拉曼效应的发现

"妈妈，这个大海叫什么名字？"一个小男孩问。

"孩子，这就是地中海！"

"为什么叫地中海？"

"因为它夹在欧亚大陆和非洲大陆之间。"

"那它的海水为什么是蓝色的呢？"

年轻的母亲一时语塞。她求助的目光，正好停留在一旁饶有兴味地倾听她们对话的一位学者身上。

"海水之所以呈蓝色，是因为它反射了天空的颜色。"这位学者告诉小男孩，还做了一番解释，"这是由于光线发生了散射的缘故。"当时，几乎所有的人都认同这个解释，因为英国物理学家瑞利（1842—1919）早就有阳光被大气散射后必然呈蓝色的理论——是啊，我们不是经常说"蓝色的大海一望无际"么！

这是1921年9月的一天发生在从英国开往印度，途经地中海的轮船"纳昆达"号上的事。

这位学者，就是印度物理学家拉曼（1888—1970）——首次出访欧洲之后从英国乘船回国。他刚参加了在牛津大学举行的全英大学年会，他关于光学和声学的研究论文受到与会者的高度评价。

拉曼告别了那对母子之后，总觉得有点"不对劲"——作为一个有素养的科学家，面对那双求知的大眼睛，自己就这样用"已知"去"摧残"那好奇而追求"未知"的童心吗？难道自己的解释就没有问题吗？

愧疚而心存疑虑的拉曼回到加尔各答之后，就着手研究海水呈蓝色的根本原因。他后来回忆当时的情景时说："那时，我也对自然界的影像产生了一种奇异的感觉。我被深蓝色的海洋迷住了。"他并没有因此诗兴大发，而是冷静地思索着这一自然现象的起因。他和同事们的研究结果

拉曼

表明，瑞利的解释的实验证据不足。1922 年，拉曼就发表了利用爱因斯坦－斯莫卢霍夫斯基的涨落理论解释海水呈蓝色的文章。这里提到的斯莫卢霍夫斯基（1872—1917）是波兰物理学家。

1922 年，法国物理学家布里渊（1889—1969）与美国物理学家康普顿，分别先后发现了"布里渊效应"——光在穿过透明物质（可以是固、液或气体）时会与该物质作用而产生频率变化等光学现象，以及"康普顿效应"——波长短的

布里渊　　　　康普顿

电磁波（如 X 光、γ 射线等）射入物质被原子散射之后，散射波中除了原波长的波，还出现波长增大的波。受此启发，拉曼在 1927 年年底敏锐地觉察到，这种现象对分子也应该成立。经过对几种固、液和气体的反复实验研究，他与合作者得到了肯定的结论——他们在 1928 年 2 月 28 日证实了奥地利物理学家斯梅卡尔（1895—1959）在 1923 年对散射光的频率会发生改变的预言。接着，拉曼和他的学生与同事克利希南（1898—1961）把有关成果写信报告给著名的英国《自然》杂志。这项成果发表在他俩合写的论文《一种新的辐射》之中。一个月以后，在印度班加罗尔召开的科学学会会议上，他也公布了这项成果——人

们将它称为"拉曼效应"。

1928年2月28日之后的4月27日，两位物理学家兰德斯别尔格（1890—1957）和曼德尔斯塔姆（1879—1944，出生地在今白俄罗斯），在一次科学讨论会上，报告了他俩从1926年开始研究，于1928年2月21日发现的新成果——在固

兰德斯别尔格　　　曼德尔斯塔姆

体石英散射光中也有与拉曼效应相同的效应。其后，他俩还在国内外的几家刊物上发表了这一成果的简介。苏联人一直没有采用"拉曼效应"一词，而是采用"联合散射效应"。

什么是拉曼效应呢？当光线通过透明物质（可以是固、液或气体）的时候，有小部分的光会向各个方向散射。这种现象首先是由英国物理学家丁铎尔（1820—1893）发现的，所以称为"丁铎尔现象"。那么，这些散射光的频率和强度各有什么规律呢？其中大部分的光与入射光的频率相同，这种散射叫"瑞利散射"——因为瑞利首先发现这一现象。瑞利的研究还表明，只有当入射光的波长大于物质微粒的时候，才发生这种散射现象；而且散射光的强度与波长的四次方成反比，这个规律叫"瑞利定律"。另外小部分的散射光与入射光的频率不同（频率的变化决定于散射物质的特性），而且与入射光的频率无关，这种散射统称为"拉曼散射"。拉曼散射现象中较微弱的光称为"拉曼谱线"。光线通过透明物质发生拉曼散射的现象，就叫拉曼效应——也叫"联合散射效应"或"组合散射效应"。其实，早在1923年4月，拉曼领导下的学生与同事拉马纳坦（1893—1984）在观察液体散射光时，就首次观察到有频率变化的微弱光线。

当物质微粒（例如烟、尘埃、小水滴与气溶胶等）比起入射光的

波长较大时，则遵从德国物理学家古斯塔夫·阿道夫·费奥多尔·威廉·鲁德维格·米利（1868—1957）在1908年发现的"大粒子散射"规律，也就是"米利散射"规律——反射光波长几乎和入射光的波长无关。用米利散射出现的"米利效应"，可以解释天空中出现白云的现象——由云中较大的水滴散射形成后呈白色。

拉马纳坦

可见，经过丁铎尔、瑞利、米利、康普顿、拉曼、兰德斯别尔格和曼德尔斯塔姆等科学家的研究，光的散射规律已被完整地揭示出来了。

为什么天空和海水会呈蓝色呢？而当太阳高照的时候，为什么天空又不呈蓝色呢？

我们知道，红光的波长约为蓝光波长的1.4倍；那么，根据瑞利定律，散射光中蓝光的强度

米利

就是红光强度的 1.4^4 倍即大约4倍。太阳光是复色光，海水对其中的各色光即红、橙、黄、绿、蓝、靛和紫色光都要散射。显然散射光中的蓝、靛和紫色光最强，所以我们看到海水呈蓝青色。

当清晨日出或傍晚日落的时候，太阳光几乎如图平行于地面穿过很厚的大气层。所有波长较短的蓝光等都朝侧向散射到天空，而此时也被侧向散射到天空的波长较短的红光等则很弱，所以，此时我们看到天空呈蓝色。此时看太阳却是红色，这是因为阳光中红光等波长较短的光被散射

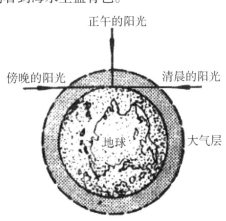

不同的时候射向大地的阳光方向不同

的少，因而直接到达眼睛的较多的缘故——这也是通常所说红光穿透大气层的能力更强的现象。此外，此时的云块被阳光直接照射，所

以也呈红色——这就是朝霞满天或晚霞罩地的景象。

当阳光当空垂直照射的时候，显然阳光穿过大气层的厚度比早晚都要薄得多，因而散射现象并不明显。所以阳光基本上呈现本来的颜色——白色。

散射现象由于拉曼的研究变得更加完善。他在 1929 年被英国封为爵士——当时印度仍是英国的殖民地，并因此独享 1930 年诺贝尔物理学奖，成为亚洲获此项奖的第一人。英国皇家学会称他的成就为"20世纪 20 年代实验物理学中最卓越的三四个发现之一"。

拉曼效应已经有了许多实际应用。在 2005 年 3 月 1 日上午（美国当地时间 2 月 28 日下午），美国英特尔公司在 Marriott 酒店召开 IDF 大会前的新闻发布会上，宣布研制成功世界上第一台"硅光子拉曼激光器"。资深科学院院士、该公司的凯文·卡恩（Kevin Kahn）和光子实验室总监马里奥·帕尼卡（Mario Paniccia），向全球记者展示这台激光器。

世界上第一台硅光子拉曼激光器

利用它，将会开发出低成本、高质量的激光器和光学设备，并将在计算机、通信和医疗领域发挥巨大的作用。英国《自然》杂志也报道了这项技术。

拉曼出生在印度马德拉斯邦的蒂努齐拉帕利，先后在威萨卡帕塔姆（Vishakapatam）的印度（Hindu）学院（他的父亲是这里的数学和物理学教授）和马德拉斯的总统学院就读。拉曼 18 岁即 1906 年还在当学生时就在伦敦出版的《哲学》杂志上发表了他的第一篇科学论文《论光束散射》。此后，他又连续不断地在印度的科学开发委员会学报上发表关于声学的论文。由于印度的殖民地地位，他的成果受到冷遇。以致他的《光束传播论》不能在印度和英国发表，而只能在法国物理学会季刊上发表，之后他才受到重视。1920 年，他终于被聘为拉合尔大学教授。在此前的 1917 年，他已被加尔各答大学聘为刚设的帕里特讲座教授，并任职 16 年。

拉曼独享当年的诺贝尔物理学奖后，拿出大部分资金购买供实验用的上百颗钻石。1933 年，拉曼赴南部城市班加罗尔任印度科学院院长，1935 年创立国家科学院，培养了大量人才。他还获得过包括列宁和平资金等众多荣誉。1971 年，印度发行了 1 枚纪念他逝世 1 周年的邮票，以表彰他们这位杰出的科学家。

一次旅途中邂逅母子对话，一次对海水呈蓝色按先人瑞利的"标准解释"，一次受康普顿效应启发后的觉察……就这样，一项获得诺贝尔奖的成果和一位科学伟人就"轻轻巧巧"地诞生了——原来，科学就这么"容易"。

纪念拉曼发行的邮票

这一切看似偶然的机遇，如果没有拉曼的独立思考和持续 8 年的追寻，这"容易"就不会浮出水面。由此，我们想起了两句名言："创新是科学的灵魂""蜂蜜是蜜蜂辛勤劳动的结晶"。

拉曼的成就，极大地鼓舞了包括印度在内的"第三世界"的民族自信心。以至于在他的祖国一直流传着这样的故事：在加尔各答宁静的海滨，一位年轻的母亲带着一个聪明的小男孩在晚风中悠闲地散步，观看夜空中的灿烂星辰，向好奇的小男孩讲述着那蓝色地中海的故事，期望着自己的孩子画出明晨的满天朝霞……

"打开黑暗的大门"
——奥斯特发现"电生磁"

"电"和"磁"是我们非常熟悉的字眼，然而，对它们的认识却经历了漫长曲折的道路。例如，对它们之间是否有联系的问题，直到19世纪才有了一个结果。

在古代，人们就发现了"顿牟缀芥"的电现象，和"磁石引针"的磁现象。这类似的自然现象一直使人们思考着：电和磁之间究竟有没有联系？曾当过御医的英国著名医生、物理学家吉尔伯特（1544—1603）在他于1600年出版的巨著《论磁》中断言，电和磁之间没有因果关系。

在1731年7月的一次惊雷闪电之后，英国威克菲尔德的一名商人偶然发现他的一箱新刀、叉、钢针竟有了磁性。意大利一家五金商店也出现了类似的现象——雷闪之后钢刀有了磁性。1751年，美国物理学家富兰克林（1706—1790）发现莱顿瓶放电之后，附近的缝纫针被磁化了。一艘航行在大西洋上的商船在一次雷电之后，三个罗盘全部失灵……

"是电生的磁吗？"这些现象，促使德国巴伐利亚电学研究院于1774年特地以《电力和磁力是否存在实际的物理相似性?》为有奖题目，进行征文，但是，一直没有人能得出满意的答案。在此时，法国物理学家库仑（1736—1806）认为："电就是电，磁就是磁，它们之间不可能有联系。"

当然，人们对这个问题是要追寻到底的。在1805年，两位法国数学家、物理学家、化学家让·尼古拉斯·皮埃尔·哈切特（1769—1834）和查尔斯·伯纳德·迪索米斯（1777—1862），就用一根绝缘绳把伏打电池挂起来，观察它是不是也像磁针那样在地球磁场中改变方向，但显然不能得到正确的结果。

奥斯特

丹麦物理学家奥斯特（1777—1851）受19世纪一种科学思潮的影响，信奉德国哲学家、作家康德（1724—1804）的哲学，认为自然界各种力可以相互转化，也可以统一。他在1803年说："我们的物理学将不再是运动、热、空气、光、电、磁和我们所知的任何现象的零散汇总。我们将整个宇宙容纳在一个体系之中。"他也加入了实验探索的队伍。

奥斯特在导线面前放上磁针并给导线通电之后，磁针却一动不动，即使导线被电流烧到红热甚至发光。

1812年，奥斯特在发表的论文《关于化学定律的见解》中写道："究竟电是不是以其最隐蔽的方式对磁体有类似的作用……"当然，他拿不出证明这个猜想的证据来。于是，找到"类似的作用"，就成了他的实验内容。

奥斯特的实验始于1820年2月。当年4月21晚，他同往常一样，在哥本哈根给一些颇有教养的人讲"伽伐尼电"。在助手的帮助下，他用伏打电池给铂金通电做电学演示实验。快下课了，他无意识地扳动电源开关的时候，偶然发现一枚放在细长铂丝导线附近的小磁针轻微地晃动了一下，然后停在与导线垂直的方向上。此时，他既惊又喜——这不正是他多年企盼的电流能产生磁场的效应吗？他激动得又连续试验了几次——包括把小磁针移得稍近或稍远一些，都出现了类似的现象。

第二天，奥斯特和助手用 20 个伏打电池给导线通电，产生了更强的电流，对包括能在平面上自由旋转的磁针、悬挂的能在空间自由旋转的磁针，都进行了类似的实验研究。结果表明，电流的确能产生磁场，连被玻璃、木材、水、树脂和石头等隔离，也不能

小磁针在通电导线附近晃动

阻挡这个磁场吸引小磁针。这就是著名的"电流的磁效应"，简称"电生磁"。后来，人们把它称为"电磁学第一定律"。

奥斯特在人类科学史上首次验证了电和磁有必然联系，这是他长期寻找电和磁这两类自然界的力之间联系的结果。这也是当今人们寻找宇宙间几种力统一的起点，所以"电生磁"的意义并不限于这一事件本身。辩证唯物主义认为，自然界的事物都是互相关联的，所以"电生磁"的发现在哲学上也有重要意义。

又经过近三个月 60 多次实验，奥斯特用拉丁文写出的论文《论磁针的电流撞击实验》（*Experiments on the effect of a current of electricity on the magnetic needle*），先刊于哥本哈根的一家杂志，后刊于 1820 年 7 月 21 日法国的《化学与物理年鉴》杂志上。这就"猛然打开了科学中一个黑暗领域的大门"，好似物理学界的晴天霹雳，引出了安培（通电导线间的相互作用）、法拉第（电磁感应）、楞次（楞次定律）、亨利（自感）、麦克斯韦（电磁学理论）等人新的科学成果，使电磁学的研究得到了迅猛进展。

"电生磁"的发现使奥斯特名声大噪——荣获包括科普利奖（英国皇家学会的最高奖）在内的许多奖项；英、法、瑞典等国相继聘他为皇家学会会员或科学院院士；在 1934 年召开的国际标准计量大会上，把他的名字"奥斯特"（Oe）做"厘米·克·秒电磁制"（即 CGS 制，现已废弃）中磁场强度的计量单位。

不过，也有资料记载，在奥斯特之前大约 20 年，意大利哲学家、

经济学家和法学家吉安·多梅尼科·罗马格诺西（Gian Domenico Romagnosi，1761—1835）就发现电和磁之间的关联，且于 1802 年发表在意大利的两家报纸上。不过，科学界在很大程度上忽视了他的这一研究成果。

罗马格诺西

这里的问题是，为什么以前那么多人那么多次都用伏打电池做过类似的实验，却直到1820年4月21日才看到小磁针转动的现象呢？原来，此前的磁针要么离导线太远，要么正好和导线垂直，而这次磁针正好撞在奥斯特的"枪口"上了。这就是科学发现的偶然性，而奥斯特的成功，在于没有放过这次"偶然"。这正如英国科学家、哲学家、神学家威廉·惠威尔（1794—1866）谈到这一发现时所说："通常看来，人们喜欢相信重大的发现都是由于偶然的机遇。"

我们从前面奥斯特的研究过程来看，他是用"有准备的头脑"来思考这个"偶然"，从而得到机遇的——"这样的偶然性仅仅被那些理应得到它们的人所碰上"。

意外火花的启示——
亨利发现"自感"现象

"啊，太刺眼了——这么长的火花！"

1829年8月的一天，纽约州奥尔巴尼学院正在放暑假。一个年轻人却没有休息，他不停地摆弄着电磁铁。突然，一串耀眼的长火花意外地映入他的眼帘，他惊叫起来。

这个年轻人是谁，他为什么连假期也闲不住，为什么要摆弄电磁铁，这串火花又是从哪里来的？

这个年轻人，就是美国物理学家约瑟夫·亨利（1799—1878）。亨利出生在纽约州奥尔巴尼市，父亲是打零工的工人。从6岁起，他就被送到亲戚家生活，并进入乡村小学读书，他非常勤奋。14岁的时候，由于父亲辞世，他只好回到

亨利

奥尔巴尼市与母亲生活在一起。15岁的时候，亨利到钟表店当学徒——但此时他却非常想当一个演员和作家。

可是，人生之路并不总是由"非常想"来铺就的。一个偶然的机会，亨利读到了一本名为《实验哲学讲义》的书。这本书是苏格兰数学家詹姆斯·格雷戈里（1638—1675）写的——他去世33年之后的1808年才在伦敦出版。当时的"哲学"，就是现在所说的物理学。通过认真精读，亨利对科学产生了兴趣。虽然他只读过小学和初中，但经刻苦学习仍于1819年考进了奥尔巴尼学院，并在1826年被聘为该学

院数学和自然哲学教授，接着兼任院长。由于这双重职位，使他在平时无暇顾及科研，所以只好在假期加班加点。

自从奥斯特发现"电生磁"之后，研究电磁铁就成了科学家们的"时髦"课题。在1825年，《电学杂志》的创刊人斯特金（1783—1850）就制造了一个能提起39.7牛重物的电磁铁——约为它本身重量的20倍。在这种背景下，勤奋学习的穷孩子、自强不息的范例——亨利也就不甘落后了。

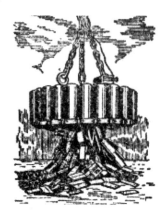

能搬运铁件的电磁铁起重机

1829年3月，亨利展出了一个绕有400圈导线的电磁铁——能提起50倍于自身重量的物体。他对电磁铁的进一步重大的改进是，用丝绸（代替原来的清漆）包裹铜导线在铁芯上缠绕起并列的几个线圈（代替原来的一个线圈）。最终，他制成了当时世界上最大的电磁铁——能吸起9 279牛的重物。前面提到的那串意外出现的耀眼长火花，就是他在摆弄电磁铁的时候，一个通电的长线圈在一次断电的时候产生的——显然，它是一种自感现象。

第二年暑假，亨利又对这种奇怪的现象进行了研究，终于得出这是自感现象引起的这一正确结论。1832年，他发表了题为《关于磁生电流与电火花》的论文，刊于同年出版的《美国科学学报》第22卷上。这是自感现象最早的研究和论文，亨利也成为最早发现自感现象的人。

自感现象的发现也是一种必然的结果和时代产物。自1820年丹麦物理学家奥斯特发现"电生磁"以来，不少科学家都在进行"电生磁"和"磁生电"的研究，这必然会导致自感现象的发现。英国物理学家法拉第（1791—1867）在亨利发现自感现象5年之后的1834年，也独立发现自感现象，并在1835年发表了相关论文。

亨利在电磁学方面的成就是多方面的。他在1830年6月就早于法拉第发现了电磁感应，不过，当时他没有继续深入研究和及时发表论文。他在 1831 年制成一台像跷跷板一样的电动机后，就曾有远见地预言："这一原理（指电流能驱动机械旋转的'电动机原理'）——或者经过较大幅度的修改——应用于某种有益的场合，不是不可能的。"也有种说法说，此话是法拉第说的。果然不久，形形色色的电动机相继问世，并广泛应用于各个领域。由于他在电磁学实验研究方面的成就，于 1832 年还被聘为新泽西州普林斯顿市新泽西学院（今普林斯顿大学）的自然哲学教授。1846 年，他当上了新成立的华盛顿史密森学院的首任院长。1867 年任美国科学院院长，直至逝于华盛顿特区。

为了纪念亨利发现自感现象等在电磁学领域做出的突出贡献，1893 年，在芝加哥召开的国际电工技术委员会会议上，把"亨利"定为国际单位制中电感的计量单位。

十年的"NO"刹那变"YES"

——法拉第发现"磁生电"

"对！必须变磁为电。"一本日记的第一页上这样写着，这本日记陈列在伦敦的一家科学档案馆（博物馆）里。

以后从 1822 年到 1831 年的每一天，日记里除了日期，都写着同一个词：NO。但在最后一页却写了另一个词：YES。

这是谁的一本什么样的日记？这里的"NO"和"YES"各指的什么事呢？

1831 年 10 月下旬的一天，英国皇家学会的科学会堂座无虚席。会堂内外数以千计的观众目不转睛地看着讲台上一个已到"不惑之年"的科学家摆弄一个"小玩意"。人们议论纷纷——这究竟是一个什么吸引人的"小玩意"呢？

丹麦物理学家奥斯特在 1820 年 4 月的一天发现"电生磁"之后，许多物理学家都在逆向思考：既然电能生磁，那么又能不能"磁生电"呢？

英国著名物理学家、化学家法拉第（1791—1867）就是其中之一。他的研究始于 1822 年。他潜心设计过许多种类的磁生电装置，其中有一个是这样的：在大的木制线轴上，绕着长 203 英尺（约 62 米）铜线的第一个线圈；在它的匝间，绕着同样长度但用棉纱绝缘的第二个线圈。第一个线圈接电池，第二个线圈接电流表。他试图由第一个线圈通电后产生的磁场来使第二个线圈产生电流——由电流表的指针偏转看出来，但是，无论他试验多少次，也不论他把电池串联多少个给第

法拉第

一个线圈加上更高的电压，也没有看到期望的电流产生。

10 年的努力都失败了，但是法拉第却没有灰心。

1831 年 8 月 29 日，法拉第将电池加到 100 个，又做起他的磁生电实验。他在第一个线圈接通电池的一刹那间，偶然看到电流表指针动了一下，接着就回到了原位，但电源接通以后，电流表指针一直不偏转。这时，他才恍然大悟。原来，以前实验时都是接通电池后再去看电流表，此时第一个线圈电路的电流已处于稳定状态，因而第二个线圈内的磁场不再发生变化，因而没有电流产生。这次实验是接通电池的同时看电流表，这接通的一刹那，第一个线圈电路里的电流处于从无到有的变化状态，因而它产生的磁场也从无到有，进而引起第二个线圈内磁场发生从无到有的变化，最终产生"感生电流"——一种"电磁感应（现象）"，即"磁生电"。

法拉第是个坚持不懈的有心人，从 1820 年到 1862 年坚持写科学日记——英国皇家学会在 1932 年出版了他的日记，就有七大厚本。于是，就有了故事开头说的那一本日记，而日记上的"NO"和"YES"，则各指 1822 年"没有感生电流"和 1831 年"得到感生电流"。

法拉第抓住偶然出现的机遇发现电磁感应，还有另外一种说法。在一次实验的时候，他不小心把一根磁棒掉到线圈中，结果发现电流表动了一下。这两种说法都符合实际——电磁感应的具体表现形式本来就有几类（后面要说法拉第分为 5 类）。

前面说的那个"不惑之年"的科学家就是法拉第，摆弄的"小玩意"就是他在 1831 年 10 月 17 日制成的磁生电的装置——圆筒形线圈一个和磁棒一根组成的原始发电机。这个发电机，至今还保留在英国皇家学会的珍贵科学遗物之中展出。

法拉第把所做的实验进行了总结，于 1831 年 11 月 24 日在英国皇

家学会上宣读。同时宣读的，还有
他的《电学实验研究》第一辑的 4
篇论文——论文中把产生感生电流
的情况分成了 5 类。

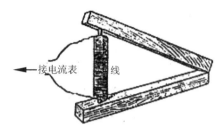

← 接电流表　　线

法拉第的一个电磁感应实验装置

　　磁生电是时代的产物——其他
一些物理学家大约在同时也发现了
磁生电。例如美国物理学家约瑟夫·亨利在 1830 年就发现了，可惜他
的有关论文晚于法拉第发表。

　　1800 年，意大利物理学家伏特（1745—1827）发明了著名的伏打
电池，这使人类第一次获得了持续电能。但这种电能的功率不大。自
从法拉第发现磁生电后，人类第一次看到实现用电池以外的其他方式
来获得大功率电能的可能性。事实上，法拉第的磁生电装置就是发电
机的始祖，他的电磁感应理论（在 1834 年命名为电磁感应定律）就是
发电机发电的基础理论。其后几十年里，各种发电机相继诞生，直到
爱迪生在 1880 年造出可为 1 500 盏电灯供电的大功率直流发电机。

　　不但如此，现代电气设
备中应用广泛的种类繁多的
变压器和感应线圈，如汽车
上的"考尔"即点火线圈，
工作原理也是磁生电。

　　总之，近现代社会也因
为有了磁生电，才能步入
"电气时代"。

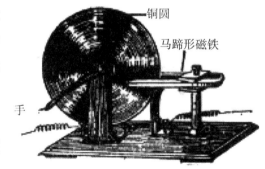

铜圆

马蹄形磁铁

手

法拉第的发电机模型

　　法拉第最终抓住"一刹那"的偶然机遇发现电磁感应，是经过了
"十年实验苦"的。

　　法拉第在电学上做出过许多贡献，因而在他逝世的 1867 年，美国
地球化学家克拉克（1847—1934）就提出用他的名字"法拉"作电容
的计量单位的名称。1881 年，国际电工技术委员会做了这一规定，但

当时称"国际法拉"。1960年，国际计量大会正式规定法拉为国际计量单位制中电容的单位。

法拉第的贡献远不止是发现了磁生电。早在1821年9月3日，他就首先制成了世界上第一台原始电动机，因此，他被誉为发电机和电动机的始祖。此外，因为他在物理学的其他方面和化学上都有很多至今仍有价值的贡献，因此被认为是19世纪最伟大的科学家之一。

法拉第之所以被人称颂，不仅是他有令人羡慕的伟大科学成就，更有让人景仰的高贵品质。这正应了英国戏剧家兼诗人莎士比亚（1564—1616）所说："人的生命短促，只有美德能将它传到辽远的后世。"他拒绝接受政府授予的爵士身份，拒绝内阁总理发给"伟人"的年薪，拒绝接受让他担任皇家学会主席的请求。他对朋友说："我还是做一个平常的法拉第！"这些就足以反映出法拉第谦虚谨慎、淡泊名利的人格风范。

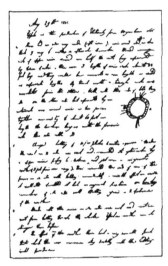

法拉第发现电磁感应的手稿

那么，法拉第需要什么呢？他在干些什么呢？除了研究科学，他也广交朋友。不管名人或普通人，都以与他认识为荣，因为他虚怀若谷，对人质朴无私，态度平和可亲。他童心不老，每年圣诞节对儿童的科学讲演都深受欢迎，其中《蜡烛的化学史》，就是一个深受青少年欢迎的著名的讲题。对此，法国作家大仲马（1802—1870）评论说："所有这些融合起来，就使这位伟大的物理学家的高尚人格，添上了一种罕有的魔力。"

美国天体物理学家迈克尔·H.哈特在《历史上最有影响的100人》（*The 100: A Ranking of the Most Influential Persons in History*）一书中，把法拉第排在第28位的高位上——高居各电学家之首。这不是偶然的：他的科学成果，人类至今仍在受益；他的高尚人格，将万古流芳！

法拉第是一个穷铁匠之子，小学没有毕业就失学了，在 12 岁时当了信差，13 岁学装订书籍——没有优于他人的就学和就业机会，通过漫长的刻苦自学之路在逆境下自学成才，法拉第是当今青少年自学成才的楷模。

法拉第避开不擅长数学和技术发明之短，扬勤于思考、敢于创新、善于实验之长，最终获得成功的经验，启示我们选择生活的道路。

1867 年 8 月 25 日，被哈特称为"无与伦比"的"实验物理学家"法拉第，以 76 岁的高龄在他书房的椅子上安详地闭上了双眼。遵照他的遗嘱，没有隆重的葬礼，没有豪华的陵墓，但他却在伦敦北部海格特公墓一块平淡的小石碑下永生。在这块石碑上，只有按他的遗嘱刻下的、与他一样朴实无华的三行字：

迈克尔·法拉第／生于 1791 年 9 月 22 日／殁于 1867 年 8 月 25 日。

"科学史上最激动人心的事件之一"

——赫兹发现电磁波

"卡尔，我们开始吧！" 1887 年的一天，德国物理学家海因里希·鲁道夫·赫兹（1857—1894）对一直等候他的技师助手说——这种呼唤在赫兹的实验室里已经不是第一次了。

原来，赫兹和他的助手一直在进行一项"找到电磁波"的实验。当然，赫兹的这种实验只能在"业余时间"进行——他在卡尔斯鲁厄高等技术学院每周有 20 多节教学课。

在今天看来，电磁波"随处可'见'"，但在当时却是"芳踪难觅"。究竟有没有电磁波？如果有，又在何方？赫兹又为什么要"找到电磁波"呢？

赫兹出生在汉堡一个富有的家庭，父亲是一名律师，后来当了参议员。他从小就对科学实验有兴趣，并自己制作简单的实验仪器。1876 年，赫兹进入德累斯顿工学院学习工程

赫兹

学。由于他爱好自然科学，便转入慕尼黑大学学习物理和数学，第二年又转入柏林大学。从 1880 年在柏林大学毕业起到 1882 年，他当了德国著名物理学家亥姆霍茨（1821—1894）的得力助手。

自从英国物理学家麦克斯韦（1831—1879）建立了电磁理论，并预言存在电磁波之后，许多科学家都想用实验来否定或证实电磁波的存在。在这个背景下，德国柏林科学院根据亥姆霍茨的倡议，在 1879

年颁布了一项科学竞赛奖，征求证明麦克斯韦的部分理论。

亥姆霍茨当然希望自己的得力助手赫兹能应征参加竞赛，赫兹也欣然从命，并听从亥姆霍茨关于"关键是要找到电磁波"的指教。

1883年，赫兹到基尔大学当了教师。1885—1889年，他又担任卡尔斯鲁厄高等技术学院的物理学教授，研究力学、光学和电流通过稀薄气体的种种现象——当然，也一直致力于探索证实电磁波的存在。

赫兹从1885年进入卡尔斯鲁厄高等技术学院起，除了教学，就几乎整日整夜地用一种名为感应圈的仪器进行实验。于是就有了故事开头的一幕。在实验中，他反复察看感应圈上彼此绝缘的两个线圈。在1886年的一天，他偶然发现，当给第一个线圈输入一个脉冲电流的时候，第二个线圈就有火花产生。他想，这很可能就是电磁振荡过程——第二个线圈的电火花是第一个线圈发生电磁振荡的结果。从

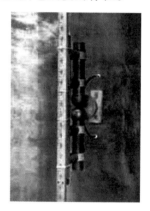

赫兹的电磁波实验装置

1886年10月25日起，赫兹集中力量对"电火花实验"进行一系列更加深入的研究。他在一段铜丝两端固定一个小铜球，然后弯成开口形状，并使铜球距离靠近，把它放在感应圈附近试验。

1887年的一天，赫兹又在一次实验中偶然发现，电火花在两个小铜球之间不断跳跃。这样，他就首次在实验中观察到他期盼已久的电磁波在空间的传播。1887年11月5日，他将这一研究成果进行总结分析，写出论文集《论在绝缘体中电过程引起的感应现象》，并寄给亥姆霍茨。亥姆霍茨看了后十分高兴，当即用明信片回信："……好！星期四我就把手稿交付排印。"

第二年，赫兹还验证了电磁波的波长比光波大，但具有相同的传播速度，同样具有聚集、折射、干涉、衍射和偏振等性质。这也进一步证实了麦克斯韦电磁理论的正确性。

实验中的偶然发现，并非绝无仅有，而赫兹则抓住了这个机遇发

现了电磁波，成为电磁学的奠基者之一，原因之一是他长着"有准备的头脑"。电磁波的发现，是"科学史上最激动人心的事件之一"。因此，赫兹赢得了"电波报春人"的

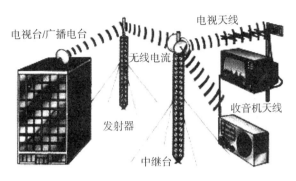

电波和我们如影随形

美誉，而德国著名物理学家普朗克（1858—1947）则称当时年仅30岁的赫兹为"我们科学的领袖之一"。赫兹也因此多次荣获德、法、意、奥等国的科学院或学术团体的奖金和奖章，并被选为柏林科学院、剑桥哲学学会等七个重要学术组织的通讯会员。

为了表彰赫兹在无线电波研究中所做出的杰出贡献，1933年国际电工技术委员会采用、1960年第11届国际计量大会通过，将"赫兹"作为国际单位制中振荡频率的计量单位。

在今天，电磁波已经随时和我们"亲密接触"而不可或缺。而赫兹也在"高处"俯瞰着人间的这一切——总是以一面对着我们的月球上距离地球远端的一座火山口，就是用赫兹的名字命名……

大火烧出来的"隐士"
——短波通信的发现

> 月落乌啼霜满天，
> 江枫渔火对愁眠。
> 姑苏城外寒山寺，
> 夜半钟声到客船。

我们都熟悉，这是唐朝诗人张继（活动在8世纪）的千古绝唱——优美而富于哲理的诗《枫桥夜泊》。

如果你在白天驾舟行驶在枫桥附近的河面，那就听不到（或听得不真切）寒山寺的钟声了；虽然那里的钟声悠扬依旧……

是白天嘈杂声音的干扰吗？是的，但又不完全是。

苏州寒山寺的大雄宝殿

原来，在秋天的"夜半"，接近地面气温比空中低，而且空气扰动很小，钟声就能稳定地沿着贴近地面的空气传播得很远。然而，在白天就不一样了——贴近地面的空气被太阳晒得比空中的温度高，钟声传不了多远，就"拐弯"到温度较低的空中了。这就是白天钟声到不了"客船"的主要原因。

下面也有一个类似的"拐弯"故事——不过,不是声波而是电磁波。

大约在 1921 年,意大利罗马城附近的一个小镇持续高温,天气异常干旱,由此引发了一场火灾。火灾发生之后,无情的火焰迅速蔓延,烧毁了所有的房屋,阻断了逃生的道路,烧伤了不计其数的妇女和儿童,连通往罗马城的电话线也被烧断了。凶猛的烈焰大有吞噬小镇之势……

情势万分危急。怎么办? 当务之急是火速通知罗马城里的消防队赶来救援。可是,被烧断的电话线让电话成了"聋子的耳朵"! 谁能"救斯民于大火"?

真是无巧不成书,小镇上一个无线电爱好者的手头拥有一台发射功率仅为数十瓦的小功率无线电台——这对于惊慌失措的人们来说,无疑是喜从天降。于是,这名无线电爱好者立即用它发出了紧急呼救的无线电信号"SOS"。

没想到,"不可思议"的事发生了。和这个小镇"近在咫尺"的罗马城却"远在天涯"——没人接收到这些呼救信号,而"远在天涯"的北欧丹麦首都哥本哈根城,却"近在咫尺"——有人偶然收到这个信号。不幸的是,哥本哈根的消防队对远在南欧的火灾鞭长莫及,只好立即用无线电通知罗马城火速派出消防队……

这一偶然事件和意外的发现,促使人们对无线电短波进行深入研究,从而发现了它远距离通信的潜力,改变了它在无线电通信中的地位。

自 19 世纪 60 年代英国物理学家麦克斯韦预言了电磁波的存在,以及 1888 年德国物理学家赫兹公布发现电磁波消息的几年之后,俄国物理学家波波夫(1859—1906)和意大利物理学家马可尼(1874—1937)就各自独立发明了无线电通信。不过,当时人们还没有意识到短波通信的优点和巨大的发展潜力。

1901 年 12 月 12 日,马可尼横跨大西洋的无线电通信试验成功以后，无线电长波段一直被人们看作是能用来进行长距离通信的唯一可用波段。同时，不少科学家也先后对无线电波的传播作了大量的研究，结果一致认为，无线电波只能沿地球表面传播：长波可穿越数千千米的空间；中波则可传播数百千

当今无线电通信已走进"寻常百姓"家

米；而短波沿着地球表面传播数十千米之后，能量会消耗殆尽而不能传得更远。当时，由于各国的科研机构都认为短波段（和中短波段）的通信实用价值不大，所以就将短波段（和中短波段）自发用于或规定用于业余无线电爱好者作通信游戏。例如，在1912年，美国政府就通过把200米波段划归业余无线电使用的联邦无线电法案。因此，前述发生火灾的小镇上出现一位业余无线电爱好者拥有一台短波电台，就很自然了。

但是，大火"烧"出来的事实，却要"反其道而行之"——惊人的、不合"理论"的奇迹在火灾中发生。如同其他许多科学发明发现一样，起初许多无线电工作者和物理学家都认为这是一条十分荒谬可笑的、不可能的消息——也许是什么人在有意制造一桩离奇的新闻想哗众取宠罢了。而许多热心的业余无线电爱好者则抱着科学的态度进行类似的试验。试验结果是，几十瓦的短波无线电台所发射的电波信号，竟能从西半球飞越茫茫无际的大西洋，传到东半球——距离超过几千千米！

事实促使物理学家认真地研究这一新奇的发现。经过研究，人们终于得知，短波能跨越千山万水远距离传播，是天空中大气的电离层反射作用的结果。原来，地球表面

短波的天波传播

对短波的损耗的确很大，即使发射功率很大，也只能传播数十千米。

但是，短波却有"翻跟斗"的绝技，一个"跟斗"可上升到电离层，借助于电离层类似镜面反射的作用，再射到远处的地面。这一上一下就是几百或几千千米，而且能量损耗也很小。这就是短波的"天波传播"，也是短波能传得很远的原因。

于是，业余无线电爱好者们就更加跃跃欲试了。

中继站

直线传播的微波要靠中继站才传得更远

1924 年 10 月，伦敦密尔山学校的郭欧特用业余无线电台"2SZ"的 100 米短波，和新西兰邓纳亭的贝尔成功实现了双向通信。在此前的 1923 年 12 月和 1924 年 1 月，法美和英美之间的 100 米短波通信已经分别获得成功——由业余无线电爱好者玻伊德菲尔普斯等 4 人完成。

1925 年 5 月 13 日，荷兰年轻的工程师冯·贝茨利尔（L. J. W. Von Boetzlear），用他在一个包装箱里建造的一个波长约 30 米的短波发射机（内有一个 4 千瓦水冷电子管），发射无线电信号，远在万里之遥的印度尼西亚收到了这个信号。两个月之后，荷兰和印尼就建立了无线电联系。1927 年 6 月 1 日，荷兰女皇威廉敏娜·海伦娜·宝琳·玛丽娅（1880—1962，1890—1948 在位）利用这种

玛丽娅

短波发射机向东印度群岛和西印度群岛发表广播讲话。于是，第一个"世界广播系统"问世。

从此，"隐士"短波就取代了长波而成为超长距离通信的主要手段，各国相继建立了经济型的短波电台。现在，我们也可以借助收音机的短波段"耳听世界"了：只要将旋钮调到短波频率，就会收到国内外许多短波电台的节目，而且信号清晰、音质优美——仿佛电台的

播音员近在咫尺和您娓娓道来……

后来，人们才系统而清楚地认识到，电磁波通信主要有"直线传播"（例如传送电视信号的波长为 0.1 毫米至 0.1 米的微波）、前面提到的"天波传播"（靠电离层反射传播的波长为 10～100 米的短波）、"地波传播"（例如沿地球表面传播的波长为 3～30 千米的长波）这三种传播方式。短波通信主要是靠天波把电磁波信号传向远方，它具有电波传输衰减较小、设备轻便和机动性强等优点，在军事通信中也占有重要地位。

87 年之后的 2008 年，遥远的东方又重复了罗马城附近那个小镇的故事。中国汶川"5·12"特大地震之后，四川省绵阳市安县迎新乡的 1 万多名村民逃了出来，风餐露宿，艰难度过 5 天仍孤立无援。万般无奈之下，年仅 14 岁的初一年级的学生侯朝阳（1994—），在 5 月 17 日 7 时 45 分收听到了重庆新闻广播报道汶川地震消息的电波，就抱着一线希望跑到山顶给重庆新闻广播热线打求救电话。结果，在救灾指挥部的安排下，几位支援、报道救灾的前线记者克服重重困难，在当天晚上就把灾民们急需的 5 车救灾物资送到了……

黑暗中的胶片为何感光
——贝克勒尔发现放射性

"你看到那篇科学论文了吗？德国伦琴教授的。"1896年初，一个重大科学发现轰动了世界各国——欧美的科学家们一碰头就送这种"见面礼"。

原来，德国物理学家伦琴（1845—1923）在1895年11月8日发现了X光以后，在1896年初，就把相关论文《一种新的射线，初步报告》和用X光拍得的照片，寄到许多科学家手中。由于X光具有奇妙的"透视"功能，所以吸引了全民关注——包括科学家在内。

法国科学家庞加莱（1854—1912）也收到了伦琴的论文和照片。1896年1月20日，他把伦琴寄来的这些材料展示给参加法国科学院每周例会的学者们看。到会的法国物理学家安东尼·亨利·贝克勒尔（1852—1908）看到了这些材料之后，产生极大的兴趣。

"X光是否也会从我所研究的荧光物质中产生呢?"贝克勒尔自然这样联想。于是，他从第二天起就开始了实验研究，试图通过荧光物质被阳光照射之后看到X光，但是结果却大失所望——他没有发现荧光物质发出的X光。

正当贝克勒尔失望地准备放弃研究的时候，偶然看到庞加莱的一篇介绍X光的文章说，荧光和X光在某些荧光较强的物质中有可能同时产生。他受到这个启发后，再次投入实验研究——要弄清荧光和X光是

贝克勒尔

否的确有必然的联系。

贝克勒尔的再次实验，是从 1896 年 2 月下旬开始的。他用一种铀盐——黄绿色的硫酸钾铀酰（也叫硫酸双氧钾铀，分子式为 $K_2SO_4 \cdot UO_2SO_4 \cdot 2H_2O$）为实验材料。起初，他还是用老办法——把这种铀盐放在用黑纸包住的照相底片上面，一起放在日光下曝晒几小时，然后冲洗底片。这个时候，贝克勒尔误认为是阳光照射铀盐激发出来的 X 光使底片感了光。在 2 月 24 日的科学院每周例会上，他报告这个实验的详细情况。他还说打算继续实验，以便在一星期之后科学院于 3 月 2 日再次召开每周例会的时候，做正式报告。

由于"天公"不作美——从 2 月 26 日开始，连续几个阴天，没有阳光，贝克勒尔只好无奈地把铀盐包和底片放进抽屉里。

3 月 1 日，要开每周例会的前一天，贝克勒尔等不及了。他只好取出底片，心存侥幸地看会不会有什么奇迹出现——例如微弱的光线使底片感光之类的。"啊，两张底片都感光啦！"他冲洗了其中的一张。怪事意外地出现了，这张已经感了光的底片——上面有清晰的铀盐黑纸包的图像，还有一把钥匙的影子！这一"意外收获"使他极为兴奋——意识到日晒和荧光都与底片感光无关，感光的真正原因可能是铀盐本身发出了一种看不见的神秘射线。"也许，并不需要阳光，那铀盐也会自动发出射线，这种射线能穿透黑纸使照相底片感光——这是不是一种新射线呢？"贝克勒尔决定再做几次实验。

经过几次实验摸索，贝克勒尔发现，只要照相底片放在铀盐的附近，不管多么黑暗，底片都会感光，且感光阴影总是铀盐本身造成的像。接着，他分别对铀盐晶体加热、冷冻、研成粉末、溶解在酸里……结果发现，只要有铀元素，就有这种神秘的射线。贝克勒尔把它称为"铀射线"，人们则称为"贝克勒尔射线"。英国物理学家卢瑟福（1871—1937）在 1899 年、法国科学家维拉德（1860—1934）在 1900 年，证明"铀射线"是 α、β 和 γ 射线。

经过一系列的实验和研究之后，贝克勒尔于同年 5 月 18 日在科学

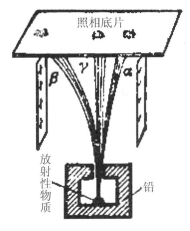

院每周例会上宣布，只要有铀元素，就会有这种射线，这种放射作用来自铀原子本身。这就是发现放射性现象的简单经过。因为这一重大发现，贝克勒尔荣获 1903 年诺贝尔奖物理学奖的一半——另一半则由著名的居里夫妇分享。

贝克勒尔发现放射性虽然没有伦琴发现 X 光那样轰动，但意义却十分深远。这是人类第一次接触到核现象，第一次证明物质内部具有巨大的潜能，被看作是原子物理学的起源和里程碑。放射性的发现，开辟了核科学技术领域许多崭新的研究课题，由此也吸引了包括居里夫妇在内的一批杰出科学家共同来探索原子的奥秘。接踵而来的一系列成果是，钋、镭的发现和放射性衰变规律等的发现。这些发现大大丰富了放射学的研究内容，所以美国科学书作家迈克尔·H. 哈特在《历史上最有影响的 100 人》中，把贝克勒尔排在第 58 位（居研究放射性的科学家之首），而后来进行类似放射性研究的居里夫妇，则"榜上无名"。

贝克勒尔发现放射性，往往被后人作为科学发现偶然性的典型例证。

是的，如果伦琴没有发现 X 光，如果没有把材料寄给庞加莱，如果庞加莱没有在例会上出示伦琴的材料，如果贝克勒尔看到材料后无动于衷，如果贝克勒尔在第一次实验失败之后没有看到庞加莱介绍 X 光的文章而偃旗息鼓，如果庞加莱的文章中不误认为荧光物质会发出 X 光，如果他看到文章后不再刨根问底重新实验，如果他不是选择了铀盐而是选择了没有放射性的其他物质进行实验，如果他在阴天后不心存侥幸去打开铀盐包，如果打开后不冲洗其中的一张底片……假如其中一个"如果"存在，历史都必将被重写。这一系列的"如果"，并不亚于戏剧情节。

我们可以看到，贝克勒尔先后犯了三个错误。第一个是错误地相信荧光物质会发出 X 光。第二个是采用了错误的实验方法：没有用多种材料做感光的对比实验，而是单独做铀盐在太阳照射下的感光实验（他事前并不知道阳光照射铀盐会怎么变化）。第三个是在过程中错误地解释实验结果：误认为阳光照射铀盐会激发出 X 光，且是 X 光使底片感光。然而，这三个错误也没能阻挡最终发现放射性——他是幸运的！由此可见，科研中难免犯错，但要及时调整认知后继续探索，才会到达成功的彼岸。

我们更应该分析贝克勒尔"三次犯错"后为什么依旧成功。如果贝克勒尔没有独特的"科学背景"，如果最终没有分析判断实验结果等的才智和能力，也不可能发现放射性；因此贝克勒尔喜欢别人说他的发现是"完全合乎逻辑的"，是命中注定的发现。

那么，贝克勒尔当初为什么会"产生极大的兴趣"并"自然这样联想"呢？他又有什么独特的"科学背景"呢？原来，他家祖辈三代都是巴黎自然历史博物馆的物理教授（祖父更是 1838 年设立这个职位时的第一任）和法国科学院院士，60 年来都是在研究荧光和磷光物质。他的祖父安东尼·塞萨尔·贝克勒尔（1788—1878），广泛研究物理、化学——包括荧光和磷光。贝克勒尔的父亲亚历山大·埃德蒙·贝克勒尔（1820—1891），更是享誉欧洲的研究固体磷光的专家——他的实验室里就有包括铀盐在内的各种荧光和磷光物质。更重要的是，祖辈们注重搜集资料、尊重客观事实的科学态度被他继承下来，最终破解了"黑纸包住的照相底片感光之谜"。这样看来，我们甚至可以说，放射性是他家三代人智慧的结晶和共有的发现，也是一个必然的结果。其实，贝克勒尔的儿子让·贝克勒尔（1878—1953）也是颇有成就的物理学家、大学教授、法国科学院院士。

"积德百年元气厚，读书三代雅人多。"对贝克勒尔发现放射性现象的故事，我们模仿这句中国古话，就有"实验六十元气厚，科研三代伟人多。"

"几分耕耘，几分收获。"这真理，永远颠扑不破。

由于在没有防护的情况下长期接触放射性物质，贝克勒尔的健康受到了极大的损害——1908 年 8 月 25 日就去世了，享年仅 56 岁！

为了纪念贝克勒尔，1975 年第十五届国际计量大会把国际单位制中的"放射性活度"的单位命名为"贝克勒尔"（符号 Becquerel），简称"贝可"（符号 Bq）。

光照射金属生电子
——外光电效应的发现

1887 年，德国物理学家赫兹（1857—1894）在研究电火花放电感应的时候，用两套电极进行试验。一套产生振荡，发出电磁波；另一套当接收器。为了便于观察电火花，赫兹把接收器用暗箱罩上。在一次实验中，他偶然发现，电火花比没有用暗箱罩上的时候更短。

这是什么原因呢？赫兹进行了进一步的研究。

首先，赫兹用木块、玻璃等放在两个电极之间，发现此时电火花也会变短，说明这一现象并不是由于电磁屏蔽的结果。其次，他还用一束由水晶棱镜折射来的紫外光部分对着负极，发现此时电火花比用可见光照射时更长，这就证明紫外线对金属照射时能发出电子。其实，这就是最先发现的外光电效应——显然是赫兹抓住了这次偶然出现的机遇发现的。

同年，赫兹发表了《紫外线对放电的影响》，系统叙述了上述实验。不过，他没有对外光电效应作进一步的研究，失去了提出"量子"概念的机会。

英国物理学家约瑟夫·约翰·汤姆森（1856—1940）在

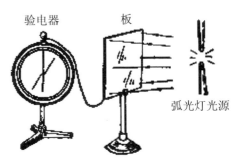

外光电效应：适当频率的光照锌板产生电子

1897 年发现电子之后，人们才知道外光电效应是由于紫外线作用下电极表面的电子发射现象。虽然此前德国物理学家霍尔瓦克斯（1859—

1922）在 1888 年就用实验证明这是由于出现"荷电体"所致，但因为当时并不知道电子的存在，所以还没有认识到外光电效应的本质。在 1899—1902 年间，赫兹在世时的助手、德国物理学家勒纳德（1862—1947）对外光电效应进行了系统的研究之后，得到三条规律，而光的波动理论又不能解释这些规律。

1905 年 3 月 18 日，爱因斯坦（1897—1955）发表在《物理学年鉴》上的著名论文《关于光的发生和转变的一个新观点》中，发展了德国物理学家普朗克（1858—1947）在 1900 年提出的量子假说，提出了著名的光量子说，建立了光电效应方程，并因此在 1922 年荣获 1921 年的诺贝尔奖物理学奖。1922 年，美国物理学家康普顿（1892—1962）发现了"康普顿效应"，证实了光子说的正确性。其后几年内，诞生了量子力学。由此可见，外光电效应的发现，对光量子说和量子力学的研究及进一步完善和发展，具有重大的意义。

历史上有过光的"波动说"和"微粒说"的对立两派。外光电效应是光的"粒子性"的实验证据之一，而赫兹发现这一效应却是在研究电磁场的"波动性"时偶然发现的。研究当时互相对立的两种光的学说中一种，却得到了另一种的证据，这也是物理学史上的一段趣闻佳话。

所谓光电效应，是指物质（主要是金属）在光（包括不可见光）的照射下发射电子的现象。光电效应分为两种：内光电效应和（赫兹等人发现的）外光电效应。

内光电效应，是指半导体材料（例如锗和硅）在光的作用下发生电阻改变的现象。用内光电效应可以制作光敏电阻、光导电管、光敏二极晶体管和三极晶体管等。（硒的）内光电效应是英国电气工程师威洛比·史密斯（1828—1891）和 Ch. 梅伊（国籍不详）在 1873 年各自独立发现的。史密斯还用这个效应制成了硒光电池。而德国大发明家维尔纳·西门子（1816—1892）则用这个效应发明了光导电管和硒光电池。

外光电效应是指适当频率的光照射到金属表面以后，金属会发射电子的现象。当今广泛应用于自动控制技术、信息电子学和测量技术的充气光电管和光电倍增管，都是用外光电效应制作的。而他的同胞、物理学家威廉·鲁德维格·弗朗茨·霍尔瓦克斯（1859—1922）在次年就发现带负电的金属板在光照下失掉其负电荷，在真空中也是如此。这就是说，霍尔瓦克斯也独立发现了

霍尔瓦克斯

外光电效应。由于霍尔瓦克斯对外光电效应做出了比赫兹更详细的研究，于是，这一效应在同年就被命名为"霍尔瓦克斯效应"（Hallwachs－Effekt）。

此外，和居里夫妇各自独立发现元素放射性的法国物理学家安东尼·亨利·贝克勒尔的父亲——法国物理学家亚历山大·埃德蒙·贝克勒尔，在19岁时（1839年）发现了"光生伏打效应"，简称"光伏效应"。1876年，L. H. 亚当斯也指出，硒在光的作用下，不但电阻会改变，而且在一定的条件下还会发

亚历山大·埃德蒙·贝克勒尔

生"阻挡层效应"——出现"光生电动势"。阻挡层效应就是光生伏打效应——当今广泛应用的光电池（主要是太阳能电池）的基础。

这样，有的资料就把光电效应分为三种："光电子发射"（外光电效应）、"光电导效应"（前面所说的内光电效应）和光生伏打效应（阻挡层效应）。

光电效应除了在光电理论研究上的价值，还有很大的实用价值。在1888年，另一个发现光电效应的俄国物理学家斯托列托夫（1839—1896），就预言光电效应可用于电视。在1893年，两位德国物理学家埃尔斯特（1845—1920）和盖特尔（1855—1923）又提出可利用光电

效应原理制成光电元件（如今天已经广泛应用的光敏电阻、光电池），应用在工业上。盖特尔还在这一年实际研制出了光电管。

有文献记载，早在1819年，俄国人格洛古斯（Гроттус）就发现了光电效应。1874年，俄国物理学家叶高洛夫（Н. Г. Егоров）系统地研究了以铂、镍、钾、钠等为阴极的光电管，

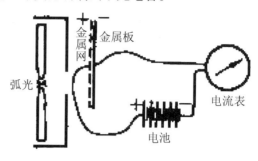

斯托列托夫的实验：弧光照射金属后产生电流

并确证在一定条件下光电流与照射光强之间存在正比关系，于是他制作了外光电效应的光电池，并设计了利用光电效应的光度计——原始形式的光电比色计。

也有人认为，赫兹和斯托列托夫等人都不能说是外光电效应的发现者，因为当时还没有发现电子——光电效应的真正发现者是勒纳德。

新的"炼金术"
——卢瑟福发现人工核反应

1903 年，英国物理学家、化学家克鲁克斯（1832—1919）制成了能探测到放射粒子的仪器——闪烁镜。它含有一块硫化锌制成的荧光屏和一个放大镜，当 α 粒子击中荧光屏的时候，会发出微弱的闪光，可直接用眼睛观察计数，从而探测到放射粒子。实验者要在暗室中长时间单调乏味地观测；但是由于观测结果比照相法精确，所以这种观测放射粒子的方法在早期核物理研究中占有重要地位。直到 20 世纪 20 年代，这种探测一直是物理学家研究核物理的基本实验方法。1911 年，出生在新西兰的英国物理学家卢瑟福（1871—1937），就用它发现了原子的核式结构。

1914 年的一天，卢瑟福的学生、出生在曼彻斯特后来移居新西兰的英国物理学家马斯登（1889—1970）在用闪烁镜观测 α 射线在空气中的射程的时候，偶然发现了一些射程特别长的粒子。这是一种奇怪的反常现象，因为当时已经知道的 α 粒子在空气中的射程大约为 7 厘米，而这种粒子的射程却长达 40 厘米。这促使他反复进行观测检验，结果证明实验无误。他的解释是，这是由于空气中的氢离

卢瑟福

子即质子（也就是氢核即 $_1^1H$）受到 α 粒子撞击所致：由于氢的质量仅为氦（氦核即 α 粒子 $_2^4He$）的 1/4，所以氢离子被氦核碰撞后速度当然会变大，导致射程变长。遗憾的是，他没有继续探测这些氢离子的来

源。不久，因为工作需要，他调离了曼彻斯特，没能继续这一工作。

爱刨根问底的卢瑟福却没有放过此事。虽然当时正值第一次世界大战，军务甚忙，但他仍然决心抽空做大量的实验。他的决心，在他于1917年年底给丹麦物理学家玻尔（1885—1962）的信中表现出来："我已经得到了一些终将证实为具有巨大重要性的结果……我试图用这种方法把原子击破。"

卢瑟福在助手的协助下，前后花了3年时间，以极为简单巧妙的实验装置，用α粒子反复轰击轻元素原子。最后，终于在拍摄的25 000张照片中410 000条各种基本粒子的轨迹里"大海捞针"，发现了6张轰击后没有出现α粒子轨迹的照片。这就清楚地表明，轰击之前的α粒子在轰击轻元素原子之后，有极少部分"不见了"。

那么，这"不见了"意味着什么呢？卢瑟福在1919年发表了惊人的结果：轻元素原子可以人工转变——原子真的被击破了。

原来，别具慧眼的卢瑟福果断地判定，是氮原子在α粒子的轰击下发生了核的转变，从氮核中放出了氢核。这个转变过程如下：$^{14}_{7}N + ^{4}_{2}He \rightarrow ^{17}_{8}O + ^{1}_{1}H$。

至此，前述马斯登的长射程离子就真相大白了：α粒子轰击了空气中的氮 $^{14}_{7}N$，放出氢核即氢离子 $^{1}_{1}H$——它的射程很长。

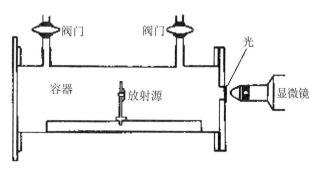

卢瑟福的原子核人工转变实验装置示意

就这样，古代人们长期梦寐以求的"点石成金"的"炼金术"，终于有可能梦想成真了：卢瑟福用人工方法在世界上首次把一种元素变为另一种元素——实现了"人工嬗变"。

在全世界的一片赞叹声中，卢瑟福干脆把自己的书取名为《新炼金术》。他在这本书中写道："氮的原子在快速 α 粒子的直接碰撞所产生的巨力作用下转变了。放出的氢原子曾是氮核的组成部分……由整个结果可看出，如果 α 粒子——或类似的投射粒子——有更大的能量可供实验的话，我们就可以期望击破许多轻元素的核结构。"

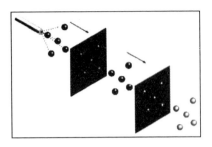

用粒子轰击原子来打开核物理的大门

不出所料，1921 年他和英国物理学家查德威克（1891—1974）果然又发现硼、氟、钠、铝和磷等都可发生类似的人工核反应。人工核反应的发现，进一步打开了核物理的大门。

诗意般的金鱼池实验
——慢中子效应的发现

人们很容易猜想：如果用一个速度慢的中子和一个速度快的中子分别打击同一种原子核，一定是快速的中子容易打进去，效果更好，但事实却出人意料：慢的更好——这被称为"慢中子效应"。

慢中子效应的发现者，是出生在意大利的美籍物理学家恩里科·费米（1901—1954）领导的研究小组——包括意大利化学家奥斯卡·达戈斯蒂诺（1909—1979）等先后加入的共6人。

1934年1月，居里夫妇的女儿和女婿——约里奥·居里夫妇发现人工放射性的消息传到罗马之后，费米小组就用中子轰击各种元素，以检查中子作为入射粒子的

费米

有效性和产生放射性的可能性。他们的做法是，把准备用中子轰击的金属制成同样大小的空心圆筒，再把圆筒放进铅盒，用盖革计数器计数被中子轰击的金属所辐射出的粒子，计数得的粒子越多，就表明这种金属的放射性越强。

1934年10月的一天上午，在罗马大学实验室，费米小组的两位意大利物理学家埃多达·阿玛尔迪（1908—1989）、布鲁诺·蓬泰科尔沃（1913—1993，1950年移居苏联）等，用中子源放出的中子打击银圆筒做放射性实验。突然，蓬泰科尔沃首先看到了一个奇怪的现象：把银

圆筒分别放在铅盒的中央和一角的时候，银的放射性有明显的不同。他们被这个现象难倒了，就把它告诉费米和他的好朋友，也是费米小组的成员——意大利物理学家弗朗哥·迪诺·拉赛蒂（1901—2001，1939 年离开意大利之后的 1952 年成为美国公民）等。拉赛蒂倾向于把这种异常现象解释为统计错误和测量不准。

在随后几天他们又发现了更多的类似怪现象：装着放射源的银圆筒周围的东西似乎都会影响银的放射性。例如，银圆筒在被中子辐照放在木桌上的时候，它产生的放射性就比放在一块金属桌上更强。这些怪现象，激励起全组人员更大的兴趣——金属是重物

原子里的中子 d 和质子 u

质有没有这种怪现象呢？费米建议用轻物质做实验，结果选用了石蜡。

1934 年 10 月 22 日早上，全组人员把中子源放在用一大块石蜡挖出的洞穴里，再来辐照银圆筒，也用盖革计数器计数。他们立即发现，计数器发疯似的咔咔响着。物理楼的几个大厅响彻惊呼声："不可想象！没法相信！见鬼了！"石蜡竟把银的人工放射性提高了 100 倍！

这一偶然发现的奇特现象如何解释呢？为什么石蜡阻挡中子之后辐照银的时候，会使银产生更强的放射性呢？费米经过仔细研究和深入思考，终于提出这一奇特现象的如下理论解释：石蜡里含有大量的氢，氢核是质子，是具有与中子质量基本相同的粒子。当中子源被封在石蜡块里的时候，中子在到达银原子之前就击中石蜡中的质子。中子在与质子碰撞的时候，就失去一部分能量——正如台球击中另一个和它同样大小的台球的时候，运行速度就会慢下来一样。一个中子

快速的高尔夫球对球洞"一笑而过"

在从石蜡中出来击中银之前，将会与许多石蜡中的质子碰撞，因此它的速度就会大大减低。这种慢中子将比快中子有多得多的机会被银原

子所俘获，就像一个飞快运动的高尔夫球可能从球洞跳过去，而一个慢速滚动的高尔夫球却有更多的机会进入球洞一样。

如果费米的解释是正确的，那么任何含氢成分多的其他物质都应该具有与石蜡相似的效果。这使费米想到水含的氢也很多："我们试试看，数量可观的水对银的放射性会有什么样的影响。"

滚动慢的高尔夫球更容易进球洞

要找"数量可观的水"，没有比实验室后面的金鱼喷水池更好的地方了。这个水池在国会参议员、1921 年起担任教育部长与经济部长的政治家——意大利物理学家奥沙·马里奥·柯宾诺（1876—1937）的花园里。1922 年，费米在比萨大学毕业并获得博士学位之后，就立即回到罗马，并在同年结识了柯宾诺。

柯宾诺

于是，在 1934 年 10 月 22 日下午，费米等人就把中子源和银圆筒飞速送到水池旁，放在水下，进行中子轰击银圆筒的实验。结果证实了费米的理论解释：水把银的人工放射性增加了许多倍。这就是著名的、被称为"现代科技史上最动人、最有诗意"的金鱼池实验。当天晚上，他们聚集在阿玛尔迪家写第一篇报道——写给《科学研究》杂志的一封信。由费米口述，1959 年诺贝尔物理学奖得主、出生在意大利的美国物理学家埃米里奥·塞格雷（1905—1989）记录、吉妮斯特拉打字。在信上签名的有 6 个人（按照片中从左到右的顺序）：达戈斯蒂诺、塞格雷、阿玛尔迪、拉赛蒂、费米，以及"全家福"照片中没有的蓬泰科尔沃。这就是慢中子效应被偶然发现的简单过程。

后来，费米用慢中子——能量小于 1 电子伏的中子打击天然铀，发现了铀的嬗变。1938 年 11 月 10 日，瑞典科学院秘书在电话里宣读了当年的诺贝尔物理学奖状："奖金授予罗马大学恩里科·费米教授，以表彰他证认了由中子轰击所产生的新的放射性元素，以及他在这一研究中发现了由慢中子引起的核反应。"

慢中子的发现，使人们有了轰击元素的又一有效武器。费米领导的小组，于 1942 年 12 月 2 日在美国首次建成了可以控制的核裂变反应装置即原子反应堆，苏联则在 1954 年 6 月首次建成了原子能发电站……

当今，全球的原子能发电站接近 500 座（国际原子能机构报告：截至 2014 年 4 月 23 日，有 449 座在 31 个国家运营），发出的电力约占总发电量的 13%。由此可见，费

缺蓬泰科尔沃的费米领导的研究小组"全家福"（约 1934 年罗马大学物理研究所，左起）：达戈斯蒂诺、赛格雷、阿马尔迪、拉赛蒂、费米

米等人抓住机遇发现的慢中子效应，不但在理论上意义重大，而且有重要的实际应用。这就是被某些人忽略的基础科研的价值。

算出的"新崂山道士"
——约瑟夫森效应

1973 年，三位物理学家荣登诺贝尔物理学奖的领奖台：共同分享一半奖金的日本人江崎玲于奈（1925— ），出生在挪威、先后持加拿大与美国国籍的艾夫尔·贾埃弗（1929— ），以及分享另一半奖金的英国人布赖恩·戴维·约瑟夫森（1940— ）。

那么，他们是因为什么成就获此殊荣的呢？江崎玲于奈是因为在实验中发现了"半导体隧道效应"。贾埃弗是因为发现了"超导隧道效应"。约瑟夫森是因为在理论上预言了超导隧道效应——"约瑟夫森效应"。他们获奖都和"隧道效应"有关。

江崎玲于奈　　　　贾埃弗

什么是隧道效应呢？什么又是半导体隧道效应和超导隧道效应，它们又各是怎么发现的呢？

1960 年，约瑟夫森在英国剑桥大学毕业后，继续在剑桥大学攻读物理学硕士和博士研究生，并在 1964 年获得硕士和博士学位。在研究生的学习期间，他的导师是超导体研究专家阿尔弗雷德·布莱恩·皮帕德（1920—2008）教授。

也是在 1960 年，一个名叫杰维尔的人在实验室里用实验证实了 BCS

理论。BCS 理论是美国物理学家巴丁（1908—
1991）、库珀（1930—　）、施里弗（1931—　）提出
来的，该理论用了他们姓氏的第一个字母来命名。

皮帕德

1962 年的一天，皮帕德教授考虑到在超导方
面没有什么难题要研究了，有点失望和懊丧。他
想，既然 BCS 理论首先是从"动力学"计算出
发，经过许多理论分析推导计算才得到的，那么
就可给研究生们出个演习题做一做。他先是交给一个女研究生做，但
这个女生认为题目太难，就知难而退了。于是，他就把这个"烫手的
山芋"交给了约瑟夫森。

约瑟夫森小心翼翼地进行了推导演算，但结果却和已有的结论不
一样：如果两个超导体距离足够近，电子对就可以通过超导体之间极
薄的绝缘层形成电流。"也许是什么地方出了差错。"他只好这样想。
于是，他又多次验算检查，想找出计算中的漏洞或错误。他找来找去，
仍一无所获。问题究竟出在哪里呢？他向教授求教，但皮帕德名声显
赫，日程排得满满的，每天东奔西跑，哪有时间和一个研究生探讨一
个课题啊！

正在这个时候，机遇来临了：美国贝
尔电话研究所研究员，后来与另外二人共
享 1977 诺贝尔物理学奖的美国物理学家菲
利普·沃伦·安德森（1923— 2020）博士，
来剑桥大学任客座教授。约瑟夫森也成了
安德森的学生。

约瑟夫森认真听安德森讲的课，稍有
不明白的地方，就去请教。由于安德森总

菲利普·沃伦·安德森

是耐心地回答这位学生的问题，就促使约瑟夫森详详细细地把前述无
法解决的问题告诉安德森，并请他指导。安德森仔细地听了约瑟夫森

的解释和看了他的演算，也没发现什么差错。看来，只有用新的理论来解释了。

在安德森的支持下，约瑟夫森于1962年把自己根据BCS理论得到的新学术成果，发表在学术杂志上。这就是约瑟夫森效应即超导隧道效应——来自科学演算命题的发现。

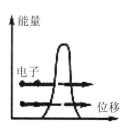

电子像火车穿过隧道

超导隧道效应的实现，是通过"隧道机理"去完成的。近代量子力学的理论指出，电子并不一定非要具有高能量从"高山"（就是前面所说的超导体之间的绝缘层，即超导结SIS）之巅翻越过去，它们还可以走另外一条路——在一定的条件（例如超低温状态）下，以极小的能量从这座高山的底部穿过去，就像火车通过隧道顺利过山（这就是隧道效应，如果发生在半导体中就叫半导体隧道效应）一样。当然，要"开凿"出这样的"隧道"，就要SIS的"能量壁垒"（这被称为"势垒"）的宽度愈小愈好——就像山越薄，开凿越容易一样。这就是科学家之所以要研制SIS的绝缘层薄到100纳米数量级的原因。由此可见，制作SIS的关键是做出极薄而又平坦、均匀、没有漏洞和不产生短路的绝缘层——通常通过热氧化或辉光放电等方法来获得，常用的材料有铝、锡、铅和铟等。

约瑟夫森效应通常可分为直流和交流两种效应。由于"量子隧道"的作用，呈现直流电流通过两个超导金属中间的薄绝缘层的效应，称为直流约瑟夫森效应。当薄绝缘层两边施加直流电压的时候，会有交流电流通过薄绝缘层的效应，称为交流约瑟夫森效应。

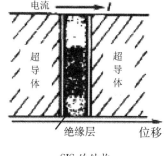

SIS的结构

一年后的1963年，约瑟夫森的理论在贝尔实验室得到证实，指导这个实验的就是安德森。

后来，许多人按约瑟夫森提出的理论，制成了约瑟夫森器件。这种器件是在两块只有零点几微米厚的铅或其他合金做成的超导体薄膜之间，夹一层仅厚约 10 纳米的绝缘层组成的"超导体－绝缘体－超导体"结构——SIS。当超导体薄膜两边加上电压的时候，电子好像通过隧道一样毫无阻挡地从绝缘介质层穿过，形成很小的电流（一般为几十微安级，最多不超过 10 毫安级）而两端没有电压降（这就是所谓"微超导电性"）；当电流超过某一临界电流，或者从外部加上小磁场使临界电流变化的时候，电子对受到绝缘层阻挡而在两端产生电压降。

用约瑟夫森器件可以制成超导电脑。1989 年，日本电气技术研究所研制成世界上第一台较完善的超导电脑，它用了几个约瑟夫森器件，运算速度达到 10 亿次/秒，功耗仅 6.2 毫瓦——在当时的常规计算机的 1/1 000 以下。超导电脑具有运算速度快、耗电省、发热量很小因而集成度可做得很高、功能增多等优点。

用约瑟夫森效应还可进行灵敏度很高的电子学测量——测量电压和电流的精度可分别达到 10^{-15} 伏和 10^{-8} 安，又可用于测量微弱生物磁场（精度可达 10^{-15} 特斯拉）的传感器。用约瑟夫森效应制成的直流超导量子干涉器件和射频超导量子干涉器件可用来测量极低温下的核磁化率、生物样品的磁化率、岩石的磁力等。

美国物理学家科恩（1921—2010）用 SIS 制成的磁强计，可用于监视人体心脏活动，其所得到的心磁图和医用心电图清晰度一样。

利用交流约瑟夫森效应可监视电压单位基准器，美、日、英、加拿大等国已将其列为法定的保持电压基准器的一种方法。

总之，约瑟夫森效应不但有许多重要的实用价值，而且在理论上也有重要意义，它极大地促进了超导技术的发展，并逐步由此形成了当今一门新兴学科——超导电子学。

半导体隧道效应，是江崎玲于奈1957 年（1958 发表论文）在半导体 PN 结中掺入较多杂质（这被称为"重掺杂"）的时候发现的。由此，人们制作出了江崎二极管——半导体隧道二极管中的一种。它在电子设备中被广泛用于微波混频、检波、低噪声放大和振荡电路。类似的效应（齐纳效应即齐纳击穿），首先是由美国物理学家克拉伦斯·梅尔文·齐纳（1905—1993）在 1934 年预言的。人们由此还制

齐纳

成了也广泛用于电子电路的齐纳二极管——可作为稳压用的一种二极管。

约瑟夫森发现超导隧道效应给我们什么启迪呢？诚然，其中有偶然因素。但显而易见的是它的必然性——没有 BCS 理论，就不会有皮帕德给学生出题；没有扎实的知识功力、锐利的眼光和勤于思考的头脑，约瑟夫森也会像那位女生那样做不出题；没有穷追不舍的治学精神，约瑟夫森也许会把那个不同寻常的研究结果扔在一边；没有安德森的

约瑟夫森

水平和对学生的耐心态度，也不可能发现并支持约瑟夫森的新发现和论文的发表。

说到把研究结果扔在一边、锐利的眼光和勤于思考的头脑，就必须提起与约瑟夫森分享诺贝尔奖的贾埃弗——他在 20 世纪 60 年代初就致力于 SIS 的实验研究。后来，他在一篇演讲中说，在 1960 年 4 月 22 日的实验中，他曾见到过电流无阻碍地流过绝缘层的超导隧道现象。遗憾的是，他没有抓住这个机遇，而是把它看成是杂质干扰造成的"短路"，并把这类样品当作废品丢弃了！由此可见，要想有新的发现，光靠观察是不够的——必须有锐利的眼光和勤于思考的头脑，明确观察的目的和观察到的现象中可能隐藏的"未知"。

必须提起的还有巴丁——BCS 理论的创立人之一。约瑟夫森的理

论预言在 1962 年发表以后，巴丁反对说，电流通过 SIS 的时候，电压不可能为零。那么，两次荣获诺贝尔物理学奖的巴丁为什么这样没有任何依据地信口开河呢？原因是他囿于传统的理论。他为什么囿于传统的理论呢？原因是他已经年近花甲而"日薄西山"了。这就使人想起了著名的英国科学预言家阿瑟·查尔斯·克拉克（1917—2008）的"克拉克（第一）定律"："如果一位年高德劭的科学家说……某件事情不可能的时候，那他很可能是说错了。"

大炮报废和飞机失事
——"氢脆"的发现

在 18 世纪初，法国军队遇到了一桩伤透脑筋的怪事：一门崭新的大炮用不了多久就得报废；有的甚至在发射炮弹的时候，炮筒就炸裂开来，造成炮毁人亡的惨剧。当然，这种怪事还出现在许多国家。更麻烦的事还在后头——人们无法找出其中的原因。

专家们被请来了，他们成百次地研究大炮的制造材料和方法，核对各种数据，改进设计。但仍然无济于事。

事情被拖到 19 世纪中叶。一个名叫亨利·爱丁·圣·克莱尔·德维尔（1818—1881）的法国化学家兼工程师，被专门请到法国大炮制造厂"攻关"。皇天不负有心人，经过多年研究之后，他和助手卡叶塔在

法国军队的大炮用不了多久就报废了

1863 年宣布了一个惊人的消息：氢是毁坏大炮的罪魁祸首！

德维尔等人的研究表明，在炮筒周围存在氢或含氢气体的时候，火药爆炸产生的高温高压就会把氢挤进钢材，与钢中的碳作用，生成甲烷（CH_4）气体，这些气体在炮筒钢材中形成细小的孔洞或裂缝，就降低了炮筒的机械强度。当再次发炮的时候，这种现象会加重，于是炮筒就在反复发炮的时候炸裂而报废。此外，氢是具有最小体积的原子，在发炮时的高温高压作用下，部分氢原子还会进入钢材。这种

原子状态的氢具有很高的活性，它
会随意在钢材中移动，使前述孔洞
或裂缝"雪上加霜"。为了证实这
一点，他们把氢密封在一个钢制容
器内加热，里面的氢居然能穿过容
器壁逃逸出来！又经过对炸坏的炮
筒的物理和化学分析，上述结论被
完全证实。

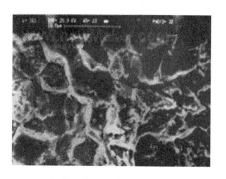

"滞后破坏型氢脆"断口

世界各国的科学家反复验证了德维尔等人的上述研究，确认了他
们研究的正确性。于是，大家就把这种因氢引起金属发脆的现象称为
"氢脆"。

后来，人们还发现，不但大炮会发生氢脆，其他许多地方也会发
生氢脆。

1904—1909 年，德国化学家哈伯（1868—1934）等在改进合成氨
工艺的时候，就遇到了氢脆问题——承受高温高压的主要设备合成塔
用不了多久就得更换。原来，生产氨的原料之一氢气就在塔内与氮气
反应，当然会危及塔的安全。直到 1913 年解决了氢对碳钢的"腐蚀"
之后，第一座日产 30 吨的合成氨工厂才在这一年建成投产。

大约在 1937 年，不知什么原因，英国皇家空
军的一架战斗机因发动机主轴断裂而失事。中国
科学家李薰（1913—1983）经过详细研究后发现，
罪魁就是氢脆。他也因为揭开钢的氢脆的奥秘，
以及去氢规律而成为这个领域的开拓者。

李薰

在 20 世纪 50 年代，法国腊克油田和加拿大魁
北克油田，都因为阀门氢脆开裂漏气，引起大量
天然气漏出喷火燃烧，结果造成了惨重的损失。

在 20 世纪 60—70 年代，中国的一家机器制造厂和一家摩托车制造

厂，也分别发生过螺栓和弹簧的断裂事故，祸首也是氢脆。

1978 年 5 月，美国的一架"DC－10"型巨型客机载着 270 多名乘客和机组人员，从芝加哥机场起飞。起飞后不到 1 分钟，发动机上的

"DC－10"型巨型客机

一只螺栓断裂，飞机坠地焚毁，机上人员无一幸存，酿成了航空史上罕见的惨剧。经过研究发现，在那批螺栓表面都镀了一层镉，目的是防锈。殊不知，在镀镉的时候，螺栓钢材已经从电解液中分解出来的物质中吸收了大量的氢，最终因氢脆而断裂。

美国一家发电厂的一台汽轮机主轴，也因氢脆在运行不到三个月就断裂了。

当然，氢并不都是从外界渗入钢材内部的。在钢铁的冶炼过程中，要加上各种辅助材料——例如石灰和萤石等，以及作为炉衬的耐火材料等，它们都能使钢水中混入氢，因此，钢材中的氢脆，是一个普遍现象。

随着对氢脆现象的深入研究，人们还发现铜也会发生氢脆。

引起严重关注的氢脆，现在已经被基本克服。人们大致采取了以下三条措施。一是用退火的方法把钢中的氢赶走，或者用先进的真空冶炼和浇铸让氢气从钢水中逸出而尽量事先减少钢中的氢——这是"驱逐出境"。二是在钢水中加入钴、铬和镍等金属，阻止碳与氢在钢水中形成甲烷——这是"预防接种"。三是在钢制构件的表面涂抹专门防钢氢化的防腐剂，阻止氢的进入——这是"御敌于国门之外"。

事物总是一分为二的。氢脆有时也有益处——我们还可将它派上用场呢！

以前人们制造铜粉的方法，是用机械的方法将铜块制成铜屑，再

把铜屑碾压成铜粉；但是由于铜的可塑性很好，所以得到的往往不是铜粉——而是薄薄的铜箔。于是，人们利用铜的氢脆性，发明了一种新的制造铜粉的方法——把铜丝放在 500~600 ℃的氢气流中加热 1~2 小时，铜丝冷却后就具有氢脆性了；再把它放入球磨机中研磨几个小时，就制成了颗粒极小的铜粉。这种方法现在已经用在实际生产之中。

看来，"大自然把人们困在黑暗之中"（歌德）的企图又一次失败了，人们又一次避害趋利取得了成功。而把金属中的"氢弹"提前"引爆"的功臣，则是抓住大炮报废机遇的德维尔等人和后来者。

紫罗兰为何不艳丽
——二氧化硫漂白作用的发现

"我们从纽卡斯尔市赶来，那里的紫罗兰原来都是紫色的，不知为什么最近几年都褪成白色的了？"

19世纪的一个春天，英国的大物理学家、化学家法拉第（1791—1867）的实验室里突然来了几位陌生人。其中一个满头白发的长者劈头就问。

原来，他们都是纽卡斯尔的园艺家，是慕名而来向法拉第求助的。

法拉第听了之后，一时也无法回答，就同他们一起讨论可能使紫罗兰褪色的

紫罗兰

原因。经过讨论，把水和肥等因素都否定了，但依然没有得到答案。这样，法拉第只好到现场去看个究竟。

他们一起来到纽卡斯尔。刚一到，法拉第就闻到一股刺激性气味，他问几位园艺家闻到没有？都回答没有闻到。"啊！这是怎么啦？"法拉第自言自语，脑筋一转就有了答案，"啊，明白了……"

法拉第明白什么了？

法拉第明白的道理很简单——不是这几位园艺家嗅觉不灵，而是"入鲍鱼之肆，久而不闻其臭也"。那么，这气味是从哪里来的，又是什么气体引起的呢？

要了解有刺激性气味气体的来历，法拉第就到纽卡斯尔的化工厂

和居民家调查了解，并化验了空气中的成分。最终得出了结论——附近燃烧了一种含有黄铁矿的煤，释放出二氧化硫气体所以产生了臭味。

那么，是不是二氧化硫气体使紫罗兰变白呢？法拉第又做了实验。他将硫黄放在一个小口容器中，使它不完全燃烧而产生二氧化硫气体，再把紫罗兰放进去。过了一会儿，果然紫罗兰变白了。紫罗兰褪色的谜也揭开了。

是一个偶然的机遇，使法拉第到纽卡斯尔研究紫罗兰变白的问题，进而发现了二氧化硫的漂白作用。

法拉第发现二氧化硫的漂白作用还有另外一种说法。1836 年，人们发现生长在其他地方的任何颜色的鲜花只要种在纽卡斯尔，就会变成白色。法拉第觉得奇怪，但一时也没有找到原

英国钞票上的法拉第

因。后来，他在翻阅文献的时候，偶然看到一幅古画，画上表明二氧化硫气体有漂白作用。他到纽卡斯尔考察之后，就揭开了那里的鲜花变白之谜。

二氧化硫的这种漂白作用，有很广泛的用途，沿用至今。人们用硫黄不完全燃烧生成的二氧化硫白烟来漂白植物秆（如麦秆）壳（如玉米壳）编成的小工艺品（如草帽）。现在，一些不法商人也用它来炮制"形色俱佳"的"优质产品"：过于白净的竹笋、银耳、馒头、粉丝……

漂白作用大致可分为两种。

一种是用原子氧漂白，如利用潮湿的氯气放出的原子氧进行漂白，或用漂白粉放出的原子氧进行漂白等。它的特点是原子氧把有机色质氧化变为无色的物质，所以漂白后能较长久保持——称为"永久性漂白"。用氯气放出的原子氧进行漂白的方法，是法国化学家贝托雷

（1748—1822）首先（在1785年）发明的。用漂白粉放出的原子氧进行漂白的方法，是元素铱和锇的最早（在1803年）发现者——英国化学家台南特（1761—1815），在1789年发明的。不过，

贝托雷　　　　台南特

最早发现氯气的水溶液（即氯水）对某些物质有永久漂白作用的，却是出生在德国的瑞典化学家舍勒（1742—1786）。他在1773年发现氯气之后的第二年，就发现了氯水对纸张、蔬菜和花能永久漂白。

另一种是用分子（例如二氧化硫）漂白。漂白物质的分子与有机色质化合后，生成一种无色化合物，从而实现漂白，但是这种无色化合物不稳定，容易分解，此时，有机色质就恢复为原来的颜色。例如，被漂白的麦秆编成的草帽，使用不久（特别是经常"日晒雨淋"）之后就会恢复到麦秆本身的黄色。

看魔术引出的发现
——卡文迪许破译水的组成

现在我们都知道，水是由氢和氧化合而成的，分子式为H_2O。在19世纪中叶之前，人们还不知道这个"秘密"——当时人们仍认为水是一种"元素"。

1781年，英国化学家普利斯特利（1733—1804）把"可燃气"与空气混合，通过电火花放电后，发现瓶底有些液体。遗憾的是，他并没有进一步深入研究，也不知道这种液体就是水。这里提到的"可燃气"，

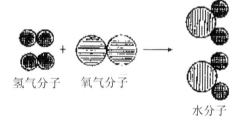

氢气分子　　氧气分子

水分子

四个氢分子和两个氧分子化合成
两个水分子表明了水的组成

是当时的名称，实际就是现在的氢气——当时人们还不知道它是一种单质。

容器里装上氢气和空气，看上去空空的，点燃的时候却能产生爆炸——这些气体好像炸药一样。这个奇怪的现象很快成为魔术表演中的一个节目。这是在18世纪70年代的新鲜玩意。

1778年的一天，英国物理学家和化学家卡文迪许（1731—1810）走在大街上。突然，传来一声巨响，把他从沉思中惊醒过来。他一看，原来又是魔术师在表演上述时髦的魔术。爆炸之后，魔术师拿着铁盒让观众看"空盒出汗"。观众一看，刚才空空的铁盒果然在爆炸之后在内壁上布满了细小的液滴。大家议论纷纷，觉得十分奇妙。

对这个偶然看到的魔术表演，卡文迪许并没有一笑了之，而是产生了一系列的疑问：为什么会爆炸，小液滴又是什么？于是他进行了持续三年的研究。其中几次发生过容器被炸坏，使他差点受伤的事故，但是他没有退缩。

卡文迪许用 7 加仑（1 加仑约合 4.546 立方分米）的"可燃气"与两倍半的空气通过火花点燃，得到约 9 克液体。为了判定这种液体是不是水，他又用可燃气与"纯氧"重做实验，发现液体中有些硝酸。直到 1781 年，他才由实验得知，原来他所用的"纯氧"中含有少量的氮。通过火花点燃的时候，氮被氧化了。氧化后的氮溶于水，形成硝酸。因此，液体中就含有硝酸。

卡文迪许

卡文迪许在 1781 年的定量实验，还包括用 423 体积的氢恰好与 1 000 体积空气中的氧化合——折合成 423 体积的氢与 209 体积的氧化合，这一比例已接近 2:1。换句话说，这已经接近知道所得液体中氢与氧的分子数之比为 2:1，氢和氧化合所得的液体是水。这些结果发表于 1784 年。

不幸的是，卡文迪许对自己正确的实验结果却没有正确的认识：仍然认为水是一种元素；氧是失去燃素的水；氢则是燃素本身，或者是含有过多燃素的水。

当卡文迪许得到以上成果而还没有公布的时候，他的助手布雷顿在 1783 年五六月份出访巴黎，就把他

卡文迪许做实验用的燃烧球——"量气管"

们的实验告诉了法国化学家拉瓦锡（1743—1794）。拉瓦锡很快重复了他们的实验，最终明确得出结论：水不是一种元素而是氢和氧的化合物，纠正了长期以来关于水的错误概念。1787 年，拉瓦锡将前述可燃气命名为氢（hydogene，意思是"成水的元素"或"水母"）。

1805 年，法国科学家盖·吕萨克（1778—1850）和德国科学家弗里德里希·威廉·海因里希·亚历山大·冯·洪堡（1769—1859）做了当时很难得的精确实验，得到更接近 2:1 的结果——199.89 体积的氢与 100 体积的氧正好化合。这，更进一步确定了水的分子式应该是 H_2O。

那么，前述爆炸又是怎么回事呢？原来，纯氢气在纯氧气中能缓慢燃烧而不产生爆炸现象。如果氧气不纯，例如使用空气代替氧气的时候，如果达到一定的百分比（指氢气占混合气体总体积的百分比，称为"爆炸极限"），就要产生爆炸或爆鸣现象。利用这个原理，我们可以将氢气点燃，通过察看它在氧气中燃烧的缓慢程度来检验氧气的纯度。氢气的爆炸极限范围很大，通常为 4.0% ~ 74.2%，所以在混合气体中的氢气体积所占混合气体总体积之比在这个范围内的时候，点燃它就会发生爆炸。

日常生活中也常发生一些类似的事件。当天然气（主要成分为甲烷）管道漏气的时候，如果室内通风不好，使室内甲烷体积达到总气体体积的 5% ~ 15%，这时如果有"星星之火"点燃，就会引起剧烈爆炸，让周围的可燃物形成"燎原之势"。

卡文迪许的成功之处是，他能由偶然看见的魔术，抓住机遇进行深入持久的研究，并最终破译水的组成。由于他信奉错误的"燃素说"，就错误地用它得出水是"元素"而不是化合物的错误结论——这是他的失败之处。由此可见，科学家不但应有高超的实验技巧，还应有科学的判断力和新思维。否则，即使有正确的实验结果，也会做出错误的判断而与新发现擦肩而过——这种例子在科学史上屡见不鲜。

葡萄酒为何变酸
——催化作用的发现

1823年，德国大诗人歌德（1749—1832）收到了一份特别的礼物——化学家杜别列尼尔送来的一支奇妙的"打火机"。它和我们今天的打火机毫无相同之处——不用传统的汽油、打火石和当今流行的丁烷气体等，只是一个装有氢气的小罐子。在罐子的出口处有一种特殊的粉末，能够使流经粉末的氢气自动燃烧起来。那么，氢气不经点火就在常温中自燃的"秘密"，究竟在哪里呢？

我们还是从距今近200年前说起。

19世纪20年代初的一天早晨，瑞典化学家贝采利乌斯（1779—1848）同往常一样，离家去实验室工作。临走的时候，他的妻子伊丽莎白·约翰娜·贝采利乌斯（1811—1884）——婚前名伊丽莎白·约翰娜·波皮乌斯，昵称"贝蒂"——瑞典内阁部长加布里埃尔·亨里克森·波皮乌斯（1769—1854）的女儿，再三叮咛："今天是你的生日，晚上宴请亲友，祝贺你生日

贝采利乌斯

快乐。记住，下班后早些回来！"贝采利乌斯向妻子点了点头，就快步奔实验室去了。

贝采利乌斯教授是一位痴迷学问、工作十分认真的人，有时实验不能间断，就在实验室连续待上两三天，甚至一个星期也不离开实验

室一步。他还经常"丢三落四",甚至忘记了自己的生日。今天的实验十分重要,因此,早晨踏进实验室后,他的心思完全沉浸在实验中,把晚上的生日宴会忘得一干二净。直到贝蒂赶到实验室来叫他的时候,他才恍然大悟,就急匆匆地赶回家。

一进门,贝采利乌斯的亲朋好友就纷纷围过来举杯祝他生日快乐。他顾不上洗手就接过酒杯,把斟满的一杯红葡萄酒一饮而尽。

"贝蒂,今天你怎么把醋当酒给我喝?"当贝采利乌斯抹嘴角的时候,却皱起眉头喊了起来。

教授这一喊,贝蒂和客人都愣住了。贝蒂感到很蹊跷——摆在宴会桌上的这瓶酒分明是红葡萄酒,他怎么说成是醋呢,莫非今天他又被化学实验搞昏了头?

生日的酒杯里:红葡萄酒?醋?

为了证实这酒的确是红葡萄酒,贝蒂又斟了几杯,让大家品尝。

"一点儿也没有错,确实是又醇又香的红葡萄酒。"客人喝过后,个个都深信不疑地说。

听了大家的"一致意见"之后,贝采利乌斯只好把刚才大家喝过的那瓶红葡萄酒拿过来,为自己斟了一杯,喝了一口,发觉仍然是酸溜溜的。贝蒂不信,就把它端过来自己喝。"哇!"——她也酸得吐了出来,然后连声说:"这酒怎么一下子变酸了呢?"客人也纷纷凑过来,观察着、猜测着这魔术般的"神杯"发生的怪事。但都不能揭开其中的奥秘。

贝采利乌斯只好把酒杯里里外外仔细打量了一番。好不容易,终于发现酒杯上沾染了少量的黑色细粉。他再看看自己的双手,10个手指个个沾有这种黑色细粉——在实验室研磨白金(铂)的时候给沾上的。"原来是这样!"他高兴得跳起来,然后拿起那杯酸酒——一饮而尽。

原来，把红葡萄酒变成酸醋，就是这位白金粉末"魔术师"变的把戏——它使乙醇（酒精）与空气中的氧气很快地发生化学反应而迅速变成醋酸。

铂粉（黑色）

后来，人们把这种加快（或减慢）化学反应的作用叫作"催化作用"，而具有催化作用的物质叫作"催化剂"。

催化剂有"正催化剂"和"负催化剂"两类。正催化剂能使化学反应速度加快。负催化剂则使化学反应速度减慢。

催化剂被广泛用于当今化学工业和科学实验中，数量已达数百万种，有金属、氧化物、酸、碱、盐等。它们在炼油、塑料、合成氨、合成橡胶与合成纤维等工业部门的许多物质转化过程中大显神威，甚

催化剂颗粒

至到了"点石成金""出神入化"的地步。据统计，在化学工业中约有85%的化学反应都离不开催化剂。

其实，我们经常都在和催化剂打交道——只不过有时没有意识到罢了。例如，烤面包和制作酸牛奶等，就是由酵母菌、乳酸菌等称之为酵素的"催化剂"加速来完成的。

如果不注意，有时催化剂也会造成危害。举例来说，通常油是不会自燃的。如果充满"纯氧"的高压氧气瓶的出口处有油，那么"纯氧"喷出来的时候，油就会自燃而引起氧气瓶猛烈爆炸。这里使油自燃的催化剂，可以认为就是"纯氧"——它身兼"助燃"和"催化"两职，所以在氧气瓶的出口处，绝对不能沾油——包括操作工人们用来擦去油污的棉纱等沾油的物品，以及不能用带油的扳手拧动出口处的螺母等。其实，这种现象我们在中学化学实验中已经见识过——在空气中烧得红热的铁丝，放到"纯氧"瓶中就火花四溅了。

现在，我们可以揭秘了——杜别列尼尔在 1823 年送给歌德的打火机出口处的粉末，就是作为催化剂的铂粉！

要发现某种物质是否有特定的优异催化性能，有时是非常不容易的。在 1904—1909 年，德国化学家哈伯（1868—1934）等在发明高效合成氨工艺的过程中，就遇到了生产效率不高的"瓶颈"。与他合作的德国巴登苯胺纯碱公司（BASF）的德国化学家博施（1874—1940）为首的大批技术人员，花了几年时间，经过两万多次试验，才找到了较为理想的催化剂——含有少量氧化铝的铁催化剂，使合成氨工业得到进一步的发展。1893 年，德国化学家奥斯特瓦尔德（1853—1932）提出了催化理论，并在 20 世纪初声称用铁丝做催化剂，人工合成了氨，而博施等人是在得知他的成果之后，重新试验才取得成功的。

当然，有时又是"得来全不费功夫"。一位法国化学家在一次试验中，不小心打破了水银温度计，偶然发现水银就是他那个化学反应的催化剂，而此前他却"踏破铁鞋无觅处"——试验过的几万种物质都失败了。

至今，虽然科学家们建立了许多关于催化剂的理论，但要一举找到某种特定的优秀催化剂，还是不可能的。

科学家们仍在继续探索。例如，2007 年中国国家最高科学技术奖得主闵恩泽（1924—2016），就在石油炼制催化剂方面取得了居于世界前列的成果。和他一起在 2008 年 1 月 8 日共享这一殊荣的，是中国的"植物活字典"吴征镒（1916—2013）。

闵恩泽　　　　　　吴征镒

英国化学家戴维（1778—1829）也是最早发现催化剂的人之一。有一次，他发现某种原来并不和空气反应的气体，在放上赤热的铂金丝的时候，就能够反应了。

在古代，"炼金术士"们幻想着发明一种"点金石"，能神话般地加快反应速度，或者把本来不反应的物质变得能够进行反应，甚至把其他物质变成黄金。贝采利乌斯抓住偶然现象发现的催化剂，就是这种"点金石"。这正应了法国化学家、微生物学家巴斯德（1822—1895）那句名言："在观察的领域中，机遇只偏爱那种有准备的头脑。"

铁棒猛撞铁锅之后
——李比希改进柏林蓝生产法

年轻的德国化学家李比希（1803—1873）在错过了发现溴的良机之后，吸取了教训，研究问题比以前更细心了。1847 年，他在德国的吉森公国破获了轰动一时的赫尔利茨伯爵夫人（Countess Hurley）的白金戒指失窃案之后，名声更大了。于是，一向治学严谨的英国皇家学会就邀请他去讲学。

在英国讲学期间，李比希应邀去一家生产绘图颜料的工厂参观。这家工厂正在生产绘画用的柏林蓝这种颜料。工人先把溶液倒进一口大铁锅内，然后一边加热一边搅拌。此时，他意外地发现了一个奇怪的现象：工人在搅拌的时候，似乎不怕把铁锅砸坏，故意用铁棒猛撞铁锅，发出很大的响声。这当然很费劲，不一会儿工人就汗流满面了。

"为什么不轻轻地搅拌，而是要吃力地猛撞铁锅呢?"李比希问工人。

"搅拌时撞的声音越大，柏林蓝的质量就越好。"工人回答说。

"为什么撞击的声音越大柏林蓝的质量就越好呢?"李比希听了这个回答之后，更是"摸不着头脑"，就又迷惑不解地问工人。这下，工人也成了"丈二和尚"。

生产柏林蓝时要用铁棒猛撞铁锅

难道撞击的声音大小真和柏林蓝的质量有关吗？如果真是这样，原因何在呢？李比希带着这些问题踏上了从曼彻斯特到利物浦的归途。到站以后，李比希在和前来欢迎的人打了一个礼节性的招呼以后，就俯身观察光滑的铁轨，还用手抚摸……

回柏林之后，李比希马上走进实验室，试着用锤子敲打一块铁皮。他敲打一阵，思考一阵……突然间，他醒悟了——敲打铁锅落下来的只能是铁屑，肯定是铁屑中的铁原子改变了柏林蓝的性能！于是，他马上在柏林蓝的溶液中加进一些铁的化合物，进行反复试验。果然，柏林蓝的色彩变得分外鲜艳，质量也显著提高。经过多次试验研究，他终于找出了其中的原因。

用铁棒猛撞铁锅的原因找到了，李比希就写信告诉那家英国工厂，只需在溶液中加入一些含铁的化合物，就不用再费劲猛撞铁锅了。那家工厂照他所说的方法进行了试验，果然灵验。从此以后，工人的劳动强度就大大降低了。

偶然现象有时会引出新成果，这是一个昭示于世和屡试不爽的"秘密"——也是李比希成功的"秘密"，然而，有的人却始终无法用行动来解读它，最终无所作为。这，又是为什么呢？

"机遇对于每一个人来说都是公平的，你抓住了它，它就能变成黄金，你放过了它，它就成了石头。"李比希之后100多年的中国"指甲钳大王"梁伯强（1962— ）给出了答案。

柏林蓝的化学式为 $Fe_4[Fe(CN)_6]_3 \cdot nH_2O$，是一种广泛用于绘画、浸染、印刷等领域的古老合成染料，有中国蓝、铁蓝、普鲁士蓝等多个名称。

普鲁士蓝这一名称的来源，还有一个有趣的故事。约翰·雅格布·狄斯巴赫（Johann Jacob Diesbach）是一位制造和使用涂料的18世纪德国工人，当然对各种有颜色的物质都感兴趣。18世纪初，他把草木灰和牛血混合在一起进行焙烧，再用水浸取焙烧后的物质，过滤掉不溶解的物质以后，得到清亮的溶液，把溶液蒸浓以后，就析出了一种黄色的晶体。当他将这种黄色晶体放进三氯化铁的溶液中，就产生了一种颜色很鲜艳的蓝色沉淀。他在 1704 年的进一步试验中发现这种蓝色沉淀竟然是一种性能优良的涂料。他的老板是个唯利是图的商人，当然不会放过这一赚钱的好机会。于是，老板对这种涂料的生产方法严格保密，并为它起了一个令人捉摸不透的名称——普鲁士蓝，以便高价出售。德国的前身普鲁士军队的制服颜色，就是这种蓝色。

那么，人类在使用人工合成染料之前，又用什么做染料呢？答案是，天然的植物、矿物等或其提取物。印章钤盖时用的紫红朱砂印泥，其成分之一就是天然矿物朱砂。用茜草、红花等或其提取物可做红色染料，用栀子等或其提取物可做黄色染料。长沙马王堆一号汉墓 1972 年出土的深红绢，就是用茜草浸染的。

失误中"捡"来的大奖
——田中倒错甘油之后

"糟糕，倒错了！"1984 年，一个 25 岁的小伙子略带遗憾，自言自语。

就是因为这"倒错了"，却引出了一项重大发明，使他和美国化学家约翰·贝内特·芬恩（1917—2010）共享 2002 年诺贝尔化学奖总奖金的一半，因为他"发明了对生物大分子进行确认和分析的方法"。

芬恩　　　　　　　　维特里希

总奖金的另一半则由瑞士化学家库尔特·维特里希（1938— ）获得。

这个小伙子，是日本的田中耕一（1959— ）。1983 年，他刚刚在东北大学电气工程学科毕业，就报考了著名的电子企业——日本索尼公司，但是他却遭到人生中的第一次失败——不幸名落孙山。

田中既没有硕士或博士学位，在学术界更是默默无闻，只好在其后考入东京的科学仪器公司的岛津制作所，致力于开发"有机高分子质量分析法"——例如用各种材料测量蛋白质的质量。

按照计划，田中要通过多种试剂对蛋白质的质量进行测算，但是在 1984 年的一次试验前的准备工作中，他无意间将试剂甘油（即丙三醇）错倒进了盛钴的容器中，得到一些混合废物。不过，他觉得将这些废物扔掉实在可惜，就试着继续进行试验。结果，"无心插柳柳成荫"——他发现这种混合物能够异常吸收激光。由此，他发明了"软激光高分子质量分析法"。

田中说，自己是在失败与失误中"捡"到的诺贝尔奖的——他把这一念之差的奇迹戏称为"失败是成功之母"。

田中的"第二次失败"，引出了震惊世界的发明。随后，他发表了《关于在生物高分子研究领域开发出性质界定和结构解析新方法》的论文。

在化学研究领域里，田中的理论并没有受到重视。后来，德国、美国等国的学者改良了他的方法，在研究基因测量蛋白质的质量的时候，再三引用他的研究成果。瑞典诺贝尔奖评委会接到推荐后，确定这种方法的原始构想始于田中，于是决定给他颁奖。

如今，这一发明已成为世界上感应度和精确度最高的生物高分子分析方法——不仅能分析出生物体内的蛋白质，而且能够很快确定蛋白质的立体结构和其在细胞内的机能。这一发明，在开发新药、食品检查及乳腺癌、前列腺癌等癌症的早期检查诊断中发挥着重要的作用。

田中的成功，既在于"倒错了"这个巧合，更在于他在失误中抓住了机遇——不是"将错就错"地把混合废物倒掉，而是从"错"中探个究竟。我们不知道在科学研究的长河中，有过多少"倒错了"——但抓住机遇而取得成功的却微乎其微。

得奖的田中说，其实他本人再平凡不过了。他不善交际，也不跟人应酬，在公司里甚至被称为"怪人"。他从不参加什么职位晋升考试，整天专心于研究。田中的同学说，他在学校时成绩并不好，总是闷着头做自己的事。他的妻子裕子说："田中有一股倔强劲儿，只顾埋头研究。念高中的时候，他喜欢读书，但不死读书。走上社会后，他诚实的人品没变，平日里话不多，一门心思地搞研究。"

田中为母校东北大学的后辈们树立了榜样。他获奖之后，母校立即授予他名誉博士学位，还聘他为客座教授，同时在校内设立了"田中耕一奖学金"，希望能培养出更多像田中耕一这样的人才。

得到获奖消息后的第二天早上，田中像往常一样到公司上班。结果受到数百名同事的列队欢迎。他的上司和同事们都不再直呼其名而改口称他"先生"了。田中本人却还是那样淡泊、孜孜不倦，默默地搞研究。他谦逊地说："因为是工作，获不获奖无所谓，但都要认真干好。"

田中耕一

田中从"错"中探个究竟之后的成功，让我们想起了一句著名的格言："真理诞生在 100 个问号之后。"

家燕为何来回飞

——补鞋匠揭开候鸟迁徙之谜

"小燕子，穿花衣，年年春天来这里……"这是我们熟悉的儿歌。那么，"年年春天来这里"的家燕，又是在哪里过冬的呢？

"家燕在沼泽地带的冰下越冬。"古希腊科学家亚里士多德这样主观臆断。由此可见，古人对燕子在冬天的去处一无所知。

由于亚里士多德是古希腊最伟大的哲学家和科学家，威望很

家燕，你在哪里过冬？

高，所以更不幸的是，他的很多论断被人们迷信。这种迷信，一直延续到 17 世纪意大利科学家伽利略时代之前，有的甚至还延续到了 18 世纪——"家燕在沼泽地带的冰下越冬"的臆断，就是其中之一。

今天老幼皆知的常识是，候鸟家燕每年春暖花开之时，从低纬度飞向高纬度地区"避暑"；冬天快到了，它又从高纬度地区飞回温暖的低纬度地区"过冬"。

布丰（1707—1788）是法国的数学家、博物学家和作家。他也像伽利略一样敢于对亚里士多德的观点提出质疑，善于用实验证实质疑。一次，他曾把 5 只燕子放进冰窖，结果全被冻死——确证了亚里士多德的错误，但是，燕子到底在哪里过冬的问题，却依然云遮雾障，不见曦月。

就在布丰生活的 18 世纪，在瑞士北部的城市巴塞尔，有一位在一

个露天棚子内生活的补鞋匠。一天，一只雌燕飞到檐下筑巢，并和他建立了感情，可是，这只燕子每年秋凉之后总要飞走，怎么留也留不住。依依不舍的补鞋匠很想弄清它"冬归何处"，于是他把一个纸条缚在燕子的脚上——上面写着一首并不高明的诗："燕子，你是那样忠诚。请你告诉我，你在何处越冬？"

布丰

"诚看百姓梁间燕，贫富无拘岁岁还。"次年春，这只多情的燕子翩然归来。补鞋匠照例爱抚一番之后，偶然发现脚上有一张新的纸条——上面写着："它在雅典，安托万家越冬。你为什么要刨根问底打听这事？"

燕子的越冬问题就这样解决了——雅典是希腊的首都，位于瑞士之南，所以燕子在温暖的低纬度地区越冬。

这个消息传开以后，研究人员开始给燕子做标记放飞，就逐渐掌握了它的迁徙规律。这一方法已被现代许多生物学家采用，还用于海洋动物和陆上动物的研究。当然，手段也不仅限于缚纸条了。

候鸟迁徙的壮观场面

如果不是补鞋匠的好奇和多情造成了偶然的机会，要弄清燕子的迁徙规律还不知道要多少年呢！

燕子在低纬度的地方过冬这一规律倒是弄清了，但它迁徙的路途是如此之遥远，它又是靠什么方式辨别方向，穿越高山深谷、江河湖海，经历白昼黑夜、风雨雷电而准确到达目的地的呢？推而广之，一切候鸟以及放飞的信鸽又是如何识途的呢？这些问题，引起了动物学家、鸟类学家的极大兴趣。

候鸟的迁徙起始于冰川时期。由于冰川的到来，气候变冷，迫使它们向低纬度更暖处移动。久而久之，就形成了迁徙的习惯。因为候鸟具有明显的光周期调节机能，四季日照长短的变化，对其脑垂体等生理机能的刺激，使它们意识到迁徙日期是否到来，因此，候鸟对寒暑变化极为敏感，气温一变就开始迁徙，以求生存和繁衍。家燕、天鹅、大雁、北极燕鸥、长腿金

万里征程中的北极燕鸥

鸻、千鸟和燕八哥等候鸟，都有极强的识途本领。有人做过这样的实验，即使用飞机把它们运往远离迁徙路线的地方，释放后它们仍能返回原栖息地——从不迷失方向、走错家门。

为了弄清候鸟神奇的识途本领，科学家们对长途迁徙冠军——北极燕鸥进行了重点研究。瑞典科学家给一只叫"谢尔维"的北极燕鸥系环观察，用仪器作声音跟踪监测。结果发现，它每年秋从斯德哥尔摩附近的波罗的海岸边的一块岩石上向南飞翔，行程达2万多千米，直抵南极。次年3月往回飞，5月抵达斯德哥尔摩。它两次往返于南北极之间，一年最少飞4.8万千米。它一共飞行了22年之久，来回44次，真是"征程万里鸟犹在，出生入死如等闲"。

1996年6月，芬兰的一位鸟类跟踪者为一只燕鸥套上环志，让它在天冷前南迁。1997年1月，澳大利亚一位鸟类跟踪者，在澳大利亚东南部维多利亚州的吉普斯兰发现了它。经两地跟踪者取得联系之后正式宣布，它创下了一次飞行2.56万千米的世界最新飞行纪录，在四个半月中，平均每天飞行近200千米。这只仅113克的燕鸥惊人的毅力、耐力和识途力，让一般鸟类难以望其项背。在2008年，美国科学家发现一只代号为"E7"的雌性黑尾豫昼夜不停地从加利福尼亚州飞到新西兰，连续8天多没有进食和喝水，更没有停下来休息，航程约1.0171万千米，创下了鸟类"不停留飞行"的世界纪录。

鸟类等动物迁徙时靠什么辨别方向才没有"迷路"？这是一个至今

没有完全解答的问题。

根据多年研究的结果，有的科学家认为，鸟类可能在白天靠太阳的位置和地形定向，夜间则由星辰的位置来导航。科学家对德国鹳鸟的多年观察和试验表明，鸟类具有识别天体的奇特遗传功能。结合时间观念，使它一见到星空就能判断在任何时间的地

黑尾豫"自由飞翔"

理位置，从而掌握准确的方向，对周围环境一目了然，即使远渡重洋，也目标明确，从不迷向。20世纪60年代，科学家证明了鸟类依靠地球磁场导航——发达的方位感觉器官使鸟类对磁场有敏锐的感应。

40多年后的2008年5月，英国城市规划专家、地理学家——在剑桥大学圣凯瑟琳学院取得博士学位的彼得·杰弗里·霍尔（1932—2014）爵士，与牛津大学的英国化学家克里斯蒂亚娜·蒂梅尔的合作研究，可能找到了鸟类用地磁导航的"物质基础"。他俩从候鸟的眼球中分离出了一种名叫"蓝光受体"的分子。这种分子"似乎具有产生指南针作用所需的结构和化学性质"，与他俩合作的亚利桑那州立大学的美国化学家德文斯·古斯特说。有的学者认为，鸟类借红外线辐射的增减而调节前进方向。此外，次声脉冲和天空中的偏振光等，也可能是鸟类识途的依据。也有学者认为，鸟类的听力和辨色系统，可能是其导向定位的重要组成部分。

此外，许多昆虫，如黏虫和美洲（帝）王蝶；鱼类，如大马哈鱼、金枪鱼、美洲鳄鱼、鲑鱼和鳗鱼；爬行动物，如海龟，都会像鸟类一样，在"故乡"和"异乡"之间迁徙。它们为什么迁徙以及如何完成迁徙的呢？2006年，美国新泽西州普林斯顿大学生物学家理查德·霍兰德等的研究揭示，蝙蝠体内发现了能分辨地磁的"指南针"（磁性颗粒），能像鸟类那样依靠地磁方向导航飞到几千千米之外。2008年初，美国麻省理工学院医学和生物神经教授史蒂文·里珀特领导的研究小

组，发现了美洲王蝶每年准时从加拿大向墨西哥迁徙的"迁徙基因"（称为"生理节奏分子"）——蛋白质"CRY2"。它可能代表王蝶生物钟和王蝶的太阳方向感之间的重要神经联系，并可能解开它们的生物钟和迁徙时如何识别方向的问题。

虽然科学家们对"游牧民族"的迁徙进行了大量长期的研究，提出了一些有益的见解和推论，但都停留在"可能"和"认为"

鱼群从"故乡"到"异乡"

阶段，缺乏公认的解释和权威的结论。到目前为止，它们在迁徙时如何识途，依靠什么导航和辨向，为什么在任何条件下都能准确地定位等问题，仍然是些没有得到满意答案的难解之谜。

燕子为什么迁徙？也是一个值得继续探讨的问题。有人认为，表面看来，它是为了躲避北国的寒冬，但实际上是为了食物——它只能在空中捕食飞虫，而不善于像啄木鸟和旋木雀那样捕食"潜伏者"，也不能像雷鸟和松鸡那样杂食浆果、种子和在冬天改吃树叶。也就是说，以昆虫为食的燕子在冬天食物匮乏的时候，必须"南下"觅食而成为"流动人口"。此外，加拿大的洛文教授从1924年起，经过20多年的实验研究之后认为，候鸟迁徙的时机，不是因为温度的变化，而是昼夜长短的改变。

啤酒变质之后
——巴斯德发明消毒法

"巴斯德先生，快，老板有请！"1857年的一天，里尔大学理学院院长、化学教授巴斯德（1822—1895）正在做实验，突然进来一个神色慌张的人，对他这么说。

"什么事？"巴斯德不知道发生了什么"紧急情况"，就这样问。

原来，在这一年，法国里尔城的制酒厂偶然发生了一起事故：一向味道可口、气味芬芳的一桶桶啤酒莫名其妙地变酸了，一桶桶啤酒堆积如山，卖不出去，酒厂面临破产的危险。当时巴斯德已闻名法国，老板就请他帮助解决这个问题。

巴斯德

尽管巴斯德对啤酒变酸的问题是门外汉，但感到科学家的责任义不容辞，就答应去看一看。这"一看"，就引出了一项沿用至今的发明。

巴斯德来到酒厂认真调查研究，仔细查看各个工艺流程，寻找啤酒变酸的原因。他把变酸的酒浆和正在发酵的甜菜汁放在显微镜下观察，并翻阅了许多文献，煞费苦心地思索着。最后，巴斯德把他的研究结果告诉酒厂老板，酒变酸的原因找到了——是乳酸杆菌在"捣乱"。

"病因"找到了，就要"下处方"。乳酸杆菌繁殖相当快，但它有个致命的弱点——怕高温。只要把酒加热到一定温度并保持一段时间，就会被杀死，啤酒就不会再变酸了。这就是著名的"巴斯德消毒法"，即"巴氏消毒法"。

啤酒桶里的啤酒莫名其妙变酸

巴氏消毒法，又名"巴氏灭菌法"，就是把待消毒、杀菌的饮料或其他食品装在适当的容器中，置于 50～100℃ 的温度下，如用热水浴，让其缓缓受热，并持续足够长的时间，就能对饮品消毒灭菌。这一沿用至今的消毒法目前应用还很广泛——对牛奶（通常在 75～85℃ 下保持 15 秒钟）、啤酒消毒，就是实例。经过巴氏消毒法处理的牛奶，结合低温冷藏，可使鲜牛奶保持 72 小时质量不变，因此这种方法对牛奶的保藏意义重大。巴斯德发明这种消毒法的时间是在 1867 年，他对啤酒消毒时的温度为 50～55℃。

由于巴斯德揭开了发酵的奥秘，找到了防止饮品变质的方法，不但拯救了法国的酿酒工业，促进了生物学和工程学原理的结合，而且奠定了生物工程的理论基础，所以通常人们称他为"生物工程之父"。

亥姆霍茨

巴氏消毒法的先驱，是德国物理学家亥姆霍茨（1821—1894）——他在 22 岁还是一个医科大学学生的时候，就发表了发酵和腐烂都是生命现象的论文。

当然，巴氏消毒法不能杀灭食品中所有的细菌，繁殖的内生孢子也会安然无恙。

由于巴斯德发明了巴氏消毒法、创立了细菌治病说和发明了狂犬病疫苗，所以美国作家迈克尔·H.哈特在《历史上最有影响的100人》中，把他排在第12位的高位。

不速之客樗蚕蛾
——朱洗引种蓖麻蚕

"中国科学院实验生物研究所所长，中国科学院学部委员，全国人民代表大会代表朱洗先生，浙江临海人，于一九〇〇年八月十二日生，一九六二年七月二十四日卒。

"先生是我国著名的生物学家，在实验胚胎学及细胞学的理论研究上，有卓越的成就，对蓖麻蚕及家鱼人工繁殖方面，也做出了重要贡献。

朱洗

"中国科学院实验生物研究所敬立"

1978年11月26日，在上海龙华革命烈士公墓举行了隆重的仪式，安放了朱洗的骨灰和墓碑。大理石的墓碑上，刻着上面这些金色的墓志。

我们要讲的，就是墓志上提到的朱洗成功引种蓖麻蚕的故事。

蓖麻蚕原产于印度东北部的阿萨姆邦，18世纪开始从印度传出。它以蓖麻叶为食，有经济价值高、不与主要劳力争人、不与粮棉争地等优点，所以，在抗日战争期间，就有人想把它引进中国，但没有成功。

蓖麻蚕

从1952年开始，中国生物学家朱洗也想把它引入中国，但多次试验也没有成功。

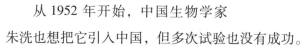

引进不成功的原因是，中国蓖麻不能周年种植；冬天没有生长在亚热带的蓖麻蚕的食物——蓖麻叶。朱洗等根据从前饲养家蚕的经验，在冬天试用几种代用的野草饲养，获得成功，但是，大规模的饲养场不是实验室的简单放大——冬天又在哪里去找这么多适于蓖麻蚕的野草呢？于是，朱洗等人只好换一个角度，从遗传方面寻求解决的途径，即改变一下品种。开始的时候，他们照苏联生物学家米丘林（1855—1935）的远缘杂交经验，选择了各种各样的蚕做杂交试验，但都失败了。

说来也凑巧，正在大家束手无策的一天晚上，实验室的灯光亮着，这灯光引来了一只美丽的飞蛾。实验室里的年轻人出于好奇，扑来按去，且当游戏将它抓住。

这个不速之客却引起了朱洗的注意——这是一只什么蛾呢？他以生物学家的职业敏感，从动物分类学上对它进行了鉴定。经查找资料后确认，这位不速之客是樗（椿）蚕蛾。他联想到我国古书上有

樗蚕蛾和它的幼虫

"樗绸"的记载，就着重分析了樗蚕的"族谱"。樗蚕以臭椿树叶为生，有过硬的越冬本领（以蛹过冬），分布广，适应性强，而蓖麻蚕又有良好的经济效益。两者亲缘又很近，这不是良好的杂交对象么！于是，朱洗运用动物分类学、遗传学和细胞学等多方面的知识，对偶然发现的樗蚕蛾进行了系统的研究，以使杂交成功。

试验开始了。蓖麻蚕与樗蚕第一代杂交种的茧色介于两亲种之间，子代杂种自交，五六代后可越冬，且茧呈白色。后来，辅之以在壮蚕期低温饲育，终于选出了茧质好而又以蛹过冬的品种。此后，他又逐步解决了蚁蚕出壳、软化病、孵化率不高等问题，终于在1956年取得成功。这就将蓖麻蚕成功地引入中国，并得到推广，为农村增加了一项经济效益好的副业，为国家开辟了一种新的纤维资源。

朱洗是浙江临海人，1949 年前曾任中山大学、台湾大学教授和北平研究院研究员。他一生勤奋，在 1962 年因气管癌逝世前夕，还在病床上写《关于臭椿－蓖麻－蓖麻蚕－寄生蜂的连串发展和综合利用问题的刍议》等论著。他在生物学方

樗蚕

面有许多重大贡献，主要著作有《生物的进化》等。

中国的蚕有许多种，主要有桑蚕、柞蚕、蓖麻蚕和木薯蚕，而龙角蚕则是特有的品种。

中国特有的龙角蚕

我们提到过的樗蚕，许多人并不了解，以为它有毒有害。1996 年，河北廊坊市墨其营村就发生了一次村民因此而砍去椿树枝或椿树，以毁去叶子饿死樗蚕的事件，造成了严重的森林资源损失和环境污染。

儿童游戏的启发
——哈维创立血液循环说

经过 30 多年的研究，英国医学家威廉·哈维于 1628 年出版了《心血运动》一书。这部"生理学史上最重要的名著"，为医学做出了划时代的贡献。他在这部名著中提出了著名的血液循环（流动）说，它的要点是：人体内的血液不停地通过一个闭合的血管循环体系，使血液流动的力量是由心脏提供的。

《心血运动》封面

哈维又是怎么创立血液循环说的呢？

公元前 5 世纪，古希腊医学家恩培多克勒首次提出血液流进流出的学说，并指出心脏是人体的中心。由于没有科学的论证和实验验证，所以当时他的学说影响不大。到了 2 世纪，古罗马医学家、解剖学家盖伦（约 130—约 200）则认为，血液在活机体内是流动的，血液产生于肝脏，存在于静脉之中，进入右心室后由室壁渗透流入左心室，经过全身并在周身耗尽。由于他的权威地位，使这个基本上不正确的血液流动说持续了

哈维

1 000 多年。直到 16 世纪，意大利科学家达·芬奇（1452—1519）才首次对盖伦的学说提出异议——他经过对 70 多具人类尸体解剖之后得

知，心脏是四腔而不是盖伦所说的两腔。1543 年，意大利医学家维萨里（1514—1564）在《人体的构造》一书中，第一次用系统的人体解剖事实揭示了人体的结构，为人体血液流动学说的研究提供了解剖学的基础。16 世纪，西班牙生理学家塞尔维特（1511—1553）发现血液从右心室流到肺，再由肺送回左心室的循环过程。

然而，这些学说都不能正确圆满地回答血液在体内流动的所有问题。

16 岁时，哈维进入剑桥大学读书。读书的时候，他得了一场病。当时请来的医生用流行的"放血法"治疗，即割开右臂上的静脉血管放出一点血来，包扎好。经过几次放血治疗，病果然好了。虽然哈维并不相信放血法，但是这次偶然治病的机会，却使他知道血液在体内是流动的。对血液究竟是怎样流动的，原动力又来自何处等一系列问题的研究，伴随着他的一生。

是一次意外的机遇启发了他的研究。一天雨过之后，他偶然发现几个小孩子在街上的"小溪"筑起小坝拦水玩。一会儿，坝的"上游"水越积越多，"下游"却干涸了。这种儿童游戏使他受到启发：用这种方法研究血液流动的情况不是很好吗？于是，他用绳子扎住动物的动脉，结果在血管的"上游"即离心脏近的部位，血管鼓了起来；而"下游"即离心脏远的部位，血管瘪了下去。将绳子放开后，血管又恢复了正常。用同样的方法结扎静脉血管，正好鼓起和瘪下的地方与结扎动脉时的情况相反。这就对血液的流向有了一个大致的了解。他还通过心脏解剖，弄清了心脏是血的原动力产生之地。

哈维还测出心脏每分钟跳动约 72 次，估计每次跳动的排血量约 2 盎司（1 盎司约合 28.35 克）。用简单的乘法，就可以算出每小时约有 540 磅（1 磅约合 0.454 千克）的血液从心脏流出来，进入主动脉。这 540 磅，显然远远超过了一个正常人的整个体重，更超过血液本身的重量——这个重量明显应当小于体重。这样，只有用血液"循环"说，而不是前述盖伦的"周身耗尽"说才能加以解释——否则多达 540 磅的血，是从哪里来的呢？哈维利用简单的数学计算进行逻辑推理，从而得出结论。他发现真理的方法，也应值得学习和借鉴。就这样，哈维终于在1616年公布了他发现的血液循环说，并在12年之后成书出版。

血液在人体内是这样循环的

哈维的血液循环说，被列入"影响世界的100件大事"。他也被美国作家迈克尔·H.哈特在《历史上最有影响的100人》中排在第57位。对此，肯定有人会持异议——在今天看来，妇孺皆知的血液循环说非常简单、通俗和理所当然。现在看来如此简单明了的东西对早期生物学家、解剖学家和医学家们来说，又是这样迷惑不解。请看当时主要学者的一些主流观点：①食物在心脏内转变成血液；②心脏给血液加热；③动脉里充满了空气；④心脏产生"元气"；⑤静脉血和动脉血都有涨有落，它们有时向心脏流入，有时从心脏流出。这些错误或片面的观点，反衬了哈维的确不同凡响。

血液循环说的意义不但在于直接应用，更重要的还在于使人们对人体的工作原理有了一个正确和基本的了解——它是现代生理学的起点。

血液循环说的诞生是艰难曲折的。除了当时科学水平的限制，宗教的偏见也阻碍了血液循环说尽早诞生。"新教徒在迫害自然科学的自由研究上超过了天主教徒。塞尔维特正要发现血液循环过程的时候，加尔文就烧死了他，而且还活活

马尔比基

地把他烤了两个钟头；而宗教裁判所只是把乔尔丹诺·布鲁诺简单地烧死就心满意足了。"恩格斯说。塞尔维特被烧死的原因是，他在《基督教信仰的复兴》一书中提出的血液循环说违反了教规。类似的例子还有，维萨里的人体解剖学研究也触犯了宗教教义，受到宗教的迫害，1563年被迫流放耶路撒冷，次年返回的途中死于轮船事故。布鲁诺

（1548—1600）是一位意大利修士、天文学家、思想家和哲学家，因为反对地心说被宗教不容。

也正是由于以上两方面的原因，哈维的血液循环说著作发表以后，虽然在欧美名声大噪，但是在当时并没有得到普遍承认。在他去世后 4 年即 1761 年，意大利解剖学家马尔比基（1628—1694）就用显微镜找到了毛细血管——正是它们把动脉和静脉连接成一个"可循环的管道"。此时哈维的学说才得到普遍的承认——科学和事实终于战胜了无知和偏见。

救人引出的发明
——孙思邈治脚气病、夜盲病

7世纪，唐朝名医孙思邈（约581—682）从老家五台山出发去首都长安，为他要写的《千金方》查古籍访名人。"救命啊！救命啊！"一天傍晚，途中的孙思邈突然听到呼救声。

孙思邈上前一看，是一个赶路的人在呼救，但眼前又没有发现任何险情。这个人怎么会突然呼救呢——他迷惑不解。经询问，才知道这人是走亲戚回家，途中天黑的时

孙思邈

候，突然眼睛看不见东西而呼救的。孙思邈知道这是"雀盲眼"，即"夜盲病"——他以前遇到过不少这样的病人，但是，他始终没有找出病因和治疗的方法。

应病人的要求，孙思邈把病人送回了家。因为天已黑尽，无法再赶路，孙思邈只好住在他家。在交谈中，他得知当地赵家庄患这种病的有10多人，且都是穷人。孙思邈立即想到："为什么穷人易得这种病呢？"心直口快的主妇也在谈论这种病："富贵人家，精米白面、大鱼大肉，不会得这种病；穷人只有用粗粮米糠填肚皮，当然容易得这种病。"

到了长安，他又偶然发现了一个奇怪的现象，长安没有一个人得夜盲病，但却有很多人得脚气病，且这些病人都是油光满面、穿戴也

很讲究的达官贵人。脚气病的症状是，疲劳酸软，小腿沉重，肌肉疼痛甚至萎缩，手足痉挛，头痛失眠，下肢水肿等。

芬克

"为什么穷人容易得夜盲病，而富人容易患脚气病呢？"孙思邈陷入了沉思。最后他终于从前述主妇的话中得到启示：有可能是吃不起精米白面、大鱼大肉的穷人，缺乏这些食物中的某些成分而患夜盲病；不吃粗粮米糠的富人，缺乏这些食物中的另一些成分而患脚气病。

于是，孙思邈开始进行治疗试验。他让患脚气病的人吃粗粮米糠；将大鱼大肉，特别是动物肝脏给穷人吃——例如用羊肝、猪肝脏熬汤吃。这些试验果然收到了奇效。这些治疗方法，记载于他的医学名著——《千金方》，又名《千金要方》（《备急千金要方》的简称）之中。

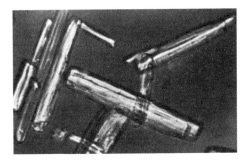

维生素 B_1 结晶的显微照

在后来的 1911 年，出生在波兰华沙的美国化学家卡西米尔·芬克（1884—1967）从米糠中提取到一种白色结晶——维生素 B_1。1912 年，芬克得知，脚气病是由于缺乏维生素 B_1 引起的，而粗粮米糠中富含维生素 B_1，所以吃粗粮米糠的穷人不容易得脚气病。粗粮米糠能治脚气病的原因，就在于它能补充长期吃大鱼大肉、精米白面所缺乏的维生素 B_1。1912 年，日本生化学家铃木、岛村和大岳，用不同于芬克的方法也从米糠中提取到维生素 B_1。

脚气病对军队也是一个巨大的灾难。在 1878 年，日本海军中有 33% 的水兵因此病丧失战斗力。为此，东京海军医院院长高木谦宽从 1892 年起，全力投入研究。最终用合理的食物配给，制服了脚气病。日本政府还因此晋升他为海军将军，并授予高级勋章。

不过，高木虽然制服了脚气病，但并没有找到病理。这个任务后来落在一位荷兰医生的肩上。

几乎在高木开始研究脚气病的同时，在1893年，35岁的荷兰医生艾克曼（1858—1930）被紧急派往当时"荷属东印度"（即现在的印度尼西亚）的爪哇岛。在那里，脚气病已肆虐了千百年，每年约有1%的人被它夺去了生命。同时，这里的鸡也得

艾克曼　　　　　霍普金斯

了脚气病。这使驻守当地的荷兰总督大为惊恐，一再呼吁国内派出专家来制服这个"瘟神"。最终，艾克曼在1896年找到了脚气病的病因——食物中缺乏维生素 B_1。

因为缺乏维生素 B_1 而受害的还有旅行家和探险家们。罗伯特·奥黑尔·伯克、威廉·约翰·威尔士、查尔斯·格雷和约翰·金4人，是首批从南向北徒步穿越澳大利亚内陆的欧洲人。他们在1860—1861年这次长达1 650英里（1英里合1 609.344米）的史诗般的远征中，只有约翰·金幸存下来——其余3人都在归途中相继死去。后来的科学研究表明，他们用完全错误的方法加工食品而破坏了维生素 B_1，导致他们患严重的脚气病而死去。

艾克曼由于最先发现了维生素 B_1，从而荣获1929年诺贝尔生理学或医学奖。和他共享这一奖项的，是英国生化学家霍普金斯（1861—1947）——因为"揭示了维生素对人体生长的

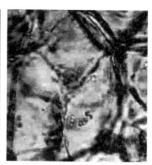

麦科勒姆　　　　维生素 A 结晶的显微照片

重要性"。

后来，科学家们又发现了和这种维生素相似而功用不同的其他维生素，并把它们归为一类，称作 B 族维生素。按发现的先后，又把这一族里的各个成员用阿拉伯数字作标记，分别称作 B_1、B_2……B_{12}。前面所说的能治脚气病的维生素，因为最先被发现，所以就称作维生素 B_1。

库恩

1913 年，美国生化学家埃尔默·维尔纳·麦科勒姆（1879—1967）和他的学生——美国女生化学家玛格丽特·戴维斯（1887—1967），从黄油中提取出了维生素 A，并证明它的确可以治疗早已发现的夜盲症。

后来人们还得知，缺乏维生素 A 会引起视网膜上视紫质的减少，还会影响人体的许多器官，例如牙齿的珐琅质的正常生长。粗粮米糠中含维生素 A 不多，而富含维生素 A 的动物肝脏能有效防治夜盲症。胡萝卜中的 β 胡萝卜素（一种有机物，化学式为 $C_{40}H_{56}$）在人体内也能变成维生素 A。出生在奥地利的德国化学家库恩（1900—1967）等人长期研究胡萝卜素的化学成分，终于在 1937 年

瓦尔德

合成了维生素 A，并因此独享 1938 年诺贝尔化学奖。1954 年，美国神经学家乔治·戴维·瓦尔德（1906—1997）提出了视觉感光的化学机理模型，从而从生理上说明了夜盲症的起因。他也因此成为 1967 年诺贝尔生理学或医学奖的三位得主之一。

顺便指出，脚气病是西医的名称，在中国传统医学中叫脚气。在西医中，脚气病和脚气是两种不同的疾病——脚气（俗称"烂脚丫"）是由真菌引起的。

维生素的音译是维他命（Vitamin，英文；其中的"Vita"是拉丁

文，意思是"生命"），意思是维持生命不可缺少的物质。这个名称，是德国化学家德莱蒙特取的——巧妙地把芬克给维生素 B_1 取的名字 Vitamine（意思是"活命的氨基酸"）中的"e"去掉。这个名称的巧妙之处在于，既保留了"原创者"芬克的名称中的本质特点——活命

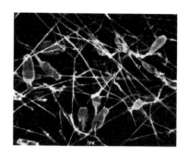

引起脚气的罪魁祸首——真菌

的物质，又顾及了名称的科学性——后来科学家们发现，维生素不一定是像 B_1 那样的氨基酸类化合物。

至今，人类已经发现了 60 种以上的重要维生素，其中主要的有14 种。4 种脂溶性维生素：A（视黄醇）、D（钙化醇）、E（生育

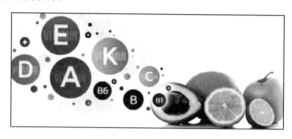

种类繁多的维生素

酚）、K（凝血维生素）；10 种水溶性维生素：B_1（硫胺素，又叫抗脚气病因子、抗神经炎因子等）、B_2（核黄素）、PP（吡啶衍生物）、B_5（泛酸）、B_6（吡哆醇类）、H（也叫辅酶 R 或生物素）、B_9（叶酸，也叫蝶酰谷氨酸、蝶酸单麸胺酸、维生素 M ）、B_{12}（氰钴胺素，也叫氰钴胺 ）、C（抗坏血酸）、α - 硫辛酸（DL - 硫辛酸）。

其中维生素 C 的发现，是一个重要的里程碑。

1740 年冬，英国海军上将乔治·安森（1697—1762）率领 961 名水手乘 6 艘船远征。1741 年 6 月抵达距离智利海岸大约 670 千米的胡安·费尔南德斯群（Juan Fernandez）岛时，只剩下 335 人，死的船员半数以上是因为患坏血病。主要症状是容易发烧、疲劳、腹泻、呕吐，还有牙龈炎、牙齿松动出血、体重减轻等。当时，安森发现海员长期航海时，发生坏血病的机会和只吃干粮的时间成正比。如果能吃到新鲜食物，包括柑橘类水果等，就会迅速复原。根据这一发现，随船的

苏格兰皇家海军外科医生詹姆斯·林德（1716—1794，1739—1748 在任，后升任军官），于1747 年在船上让12 个（分为6组）患严重坏血病的海员都吃完全相同的食物，唯一不同的是所吃的药物。其中，有一组的两个病人每天吃两个新鲜橘子和一个柠檬，另外几组的分别喝苹果汁，或者稀硫酸、酸醋、海水，或者辣糊加一杯大麦水等当时认为可以治坏血病的药物。

林德

6 天之后，只有吃新鲜柑橘、柠檬这一组的两个病人好转，其他的病情依然。这个很著名的对比实验确定无疑地表明，饱含维生素 C 的柑橘、柠檬等新鲜水果的确能治疗坏血病。之后，林德从海军退役，当了私人医生，并继续研究。1753 年和1762 年，他先后发表了《论坏血病》（A Treatise on Scurvy）与《保护海员健康最有效的方法》（Effectual Means of Preserving the Health of Seamen）两篇论文，成了英国卫生学的创始人。

当然，对维生素的研究仍在继续。在 2003 年，日本科学家证实，在1979 年发现的吡咯喹啉醌（PQQ），是自1948 年发现 B_{12} 以来的又一种新维生素。

在 2007 年 2 月 28 日，国际权威医学杂志——《美国医学会杂志》（JAMA）发表的一项涉及180 938 人的大型研究显示，长期大量服用维生素有害：维生素 A、β 胡萝卜素和维生素 E 分别增加死亡率16%、7% 和4%。同年11 月，英国某运动医学专业大学的研究员安德烈娅·彼得勒齐带领的科研小组，在调查了874 名运动员之后得出结论：大量摄入维生素有害，所以对于"万能的维生素"，我们应持谨慎态度。

蓝袜子与红蓝袜子
——道尔顿发现色盲病

略懂外语的人都会发现，色盲一词的英、法、西班牙、俄语词汇分别是 daltonism、daltonisme、daltonismo 和 Дальтонизм。显然，色盲与道尔顿（Dalton）有关。

说起英国物理学家、化学家道尔顿（1766—1844），我们并不陌生——著名的"气体分压定律""倍比定律"和"道尔顿原子学说"，就是他分别在 1801、1803 和 1808 年发现的。

1793 年，道尔顿在曼彻斯特教数学和哲学。在他的母亲 70 岁生日那天（一说圣诞节那天），给老人家买了一双"蓝色"（一说"棕灰色"）的袜子，高高兴兴地作为生日礼物给母亲送去。

"孩子，你给妈买礼物，妈很高兴，但这么鲜嫩的颜色怎么穿得出去啊？"母亲接过袜子一看，愣住了。

道尔顿

"妈，这是一双蓝色的袜子，正适合您，您怎么说颜色很鲜嫩呢？"道尔顿听了很惊奇，就这样回答。

"这哪里是蓝色，这是樱桃红色啊！"母亲坚持说。

一个说是"蓝色"，一个却说是樱桃红色——真是"秀才遇到兵"。

道尔顿只好叫来弟弟乔纳丹当"裁判"。弟弟也说是蓝色，可老人家还坚持说是樱桃红色。于是道尔顿又叫来街坊四邻，但他们都说是樱桃红。

道尔顿霎时纳闷起来：为什么同一种颜色由不同的人看，会"变"成不同的颜色呢？

此时，道尔顿又回想起以前类似的情况。小时候的一年秋天，他和小伙伴到苹果园摘苹果吃，其他人都摘红的熟透的吃，而他却摘青的吃，酸得难以入口，小伙伴都笑他。又有一次，一队穿红色军装的士兵从街上走过，他却说军装是暗灰色。1792年夏，他看到白天本来是蓝色的天竺葵花，却变成暗红色，一连几天都是如此……

想到这些情景，道尔顿越发纳闷起来。这究竟是怎么回事呢？

道尔顿是个"有心人"，对这件怪异的"小事"没有轻易地放过，而是认真分析，仔细研究。1794年，他终于得出结论：他和弟弟都患有一种病——色盲病。在这一年，他还专门写出了《关于辨色的反常事例》（又译《论色盲病》或《论色觉》）的论文。这样，道尔顿就成为世界上第一个提出色盲问题的人。

我们有理由推测，历史上一定有不少人偶然发现过类似的怪异现象，但都没有抓住机遇。可见，是道尔顿抓住了机遇，才最早发现色盲病的。后人为了纪念他，又把色盲病称为"道尔顿病"。

色盲病一般有5种。缺乏辨别红色、绿色和紫色能力的，分别叫"红色盲""绿色盲"和"紫色盲"；红绿两色都不能辨别的叫"红绿色盲"；三种颜色都不能辨别的叫"全色盲"。全色盲（只占总人口的十万分之二到三）和紫色盲很少见。

色盲是怎样发生的，目前还不清楚，一般认为是先天遗传的，即父母有色盲，其孩子就有可能是色盲。至于因为视神经或视网膜得病引起的，则很少见。男的比女的色盲多出5到6倍（一说约15倍），这是因为先天遗传有规律性，父母若都有色盲，则其儿子必定是色盲，而女儿则是带色盲病者，不一定是色盲。所谓带色盲者，就是本人没有色盲，但婚后所生儿子半数有色盲，女儿则半数是带色盲者，所以男色盲比女色盲多。

色盲病人不宜从事有关辨别颜色的工作。在 1875 年，瑞典发生过一起火车互撞而翻车的事故，就是因火车司机是一位色盲病人引起的。从此以后，色盲病就被人们"特别关照"。

虽然目前还不能有效治疗色盲，但已经有给色盲患者戴色盲矫正眼镜的方法，让他们能正确辨认颜色。有关色盲成因、是否可以治疗等，科学家还在进一步研究之中。

后来，科学家发现动物也有色盲。竹节虫是全色盲，金花虫和金龟不能区别深绿色和浅蓝色，蜜蜂看不见红色。

瘟神绝迹仅此一例
——无私詹纳征服天花

"亲爱的，请您给我最后的恩典，如果那些御医不能挽救我的生命，就请您把他们杀掉！"一个女病人这样对她的丈夫说。

是谁得了什么疾病，又对治病前景这么悲观，而且还这么凶残？

她是法国勃艮第女王奥斯特里基德，得的是天花（病）。在两三百年以前，天花是不治之症。残暴的女王求生不得，只好向御医们报复泄愤，于是无辜的御医们成了刀下冤鬼。

是的，天花这一"死神的帮凶"，的确经常肆虐横行。不但这个女王不能幸免，而且历史上还有许多帝王得了天花也无能为力。中国清代的顺治、同治皇帝就分别在17、19世纪死于天花；荷兰国王威廉二世、奥地利皇帝约瑟、法国国王路易十五和俄国皇帝彼得二世也在18世纪死于天花。当然，在天花面前，平民百姓和达官显贵"人人平等"——没人能逃脱它横扫的镰刀。墨西哥在16世纪就有350万人死于天花。1520年，欧洲的一个民族因天花死了300多万人之后，就消亡了！17世纪欧洲每年都有几万人死于天花。18世纪欧洲死于天花的有6 000万人——其中在这个世纪中叶，俄国一次就死了200万人……

总之，死神的帮凶帮助死神夺取无数生命——据资料记载，历史上总共约有5亿人死于天花！

虽然得了天花的人也只有10%～20%丧生，但是在幸存者中却有10%～15%的会终生留下严重的痘根，在脸上留下"影响形象"的印记——痘斑，从而成为麻子。清朝的康熙皇帝就是如此。

天花对人类健康的威胁之大和人类对它的无奈，使我们不得不记述一次"胜利者的残杀"。

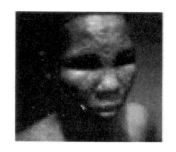

天花病人成了麻子

846 年，强悍的诺尔曼人在他们的国王统帅下，大举进攻巴黎，所向无敌，但就在这个时候，天花降临军队。于是，面临死神威胁而惊慌失措的国王下令："迅速把所有的天花病人和看护人员统统杀掉，以绝后患！"就这样，一场疯狂的自我残杀开始了……

人类，就这样在天花的肆虐之中度过了"万户萧疏鬼唱歌"的漫漫长夜。谁能"拯斯民于水火"，撩开健康的黎明呢？

中国人是向天花宣战的先行者。

据许多中国古书记载，在北宋时期（960—1127）到 16 世纪中叶，中国人就最早成功发明和完善了"人痘接种术"（又名"人痘法"），来降服也被称为"豆疮""天行斑疮""登豆痘"和"疱疮"的天花。张璐在 1695 年写的《医通》一书中就记载了治疗天花的"痘衣法""痘浆法""旱苗法""水苗法"等。痘衣法

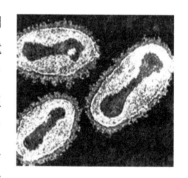

显微镜下的天花病毒

是把天花病人穿过的衬衣，给被接种的人穿。痘浆法是把蘸有疮浆的棉花塞进被接种人的鼻孔里。旱苗法是把光圆红润的痘痂阴干研细，用小管吹进被接种儿童的鼻孔内。水苗法和旱苗法基本相同，只不过是用水来调匀痘痂细粉。这些方法的原理，都是让健康人先感染少量天花病毒，从而获得免疫力。以至后来云南有一些漂亮姑娘要嫁麻子的风俗——"麻子小伙"得过天花，不会死于这种致命的疾病。也有学者说，这一发明的时间，可以追溯到公元前 1000 年。

在 18 世纪初，人痘法由一位英国驻土耳其大使的妻子——英国贵

族、书信作家和诗人玛
丽·沃特利·蒙塔古夫人
（1689—1762）从土耳其
引入英国，在她的倡导
下，这种方法在英国得到
广泛应用。

蒙塔古夫人　　　叶卡捷琳娜二世

天花在俄国迅猛蔓延
的时候，上演了有趣的一
幕。1764 年，总想开风
气之先的俄国女皇（1762—1796 在位）叶卡捷琳娜二世（1729—
1796），决定引进从中国传到欧洲不久的人痘疫苗——准备带头接受人
痘手术。由于吉凶难卜，朝臣纷纷劝阻，许多人甚至暗中为女皇"哀
悼"，痛骂传播人痘疫苗的托马斯·丁姆戴勒是"英国江湖骗子"。可
女皇不为所动，于当年10月的一天把胳膊伸向种痘刀——成了俄国第
一个种人痘的人。在她的带动下，种痘法很快在俄国推广。女皇带头
种痘的勇气赢得法国启蒙思想家伏尔泰（1694—1778）的称赞："陛下
给我们法国的那些纨绔子弟，给我们索邦神学院的那些圣哲，给我们
医学院的那些神医们上了多好的一课！"

蒙塔古夫人叶卡捷琳娜二世，两位多么勇敢而伟大的女性！

人痘法并没有从根本上解决问题——
不见得每一次都一定有效：有相当数量的
接种者不是患上预期的轻微"人工天花"，
而是患上严重的恶性天花，给自己留下累
累痘根，甚至引起天花的流行而使许多人
命丧黄泉，因此，寻找一种更好的预防天
花病的方法，显然迫在眉睫。时代终于造
就出这样的一位英雄——英国内科专家爱
德华·詹纳（1749—1823）。

詹纳

詹纳在 8 岁的时候就种过人痘，他还因此引起了后遗症——耳鸣。于是，他从 12 岁起就开始学医，从 21 岁起就立志攻克天花，曾用"猪痘"做过试验。

1796 年的一天，挤牛奶的萨拉·内尔梅丝（Sarah Nelmes）姑娘发高烧昏迷，请詹纳诊治，詹纳诊断为"天花病"。他知道当时天花病还没有良药可治，为了安慰姑娘的最后岁月，不得不对姑娘隐瞒了病情，开了几片退烧药，把姑娘打发走了——一次偶然的"误治"。

真是无巧不成书。过了几天，詹纳在医院遇到了没有死去而健康活着的内尔梅丝姑娘。这使他百思不解：为什么"天花病"对她一个人如此"宽容"呢？于是，他就到姑娘所在的牛奶场看个究竟。他在牛奶场发现，天花病不仅危害人类，还侵

詹纳给菲普斯接种牛痘

袭奶牛。牛出天花的时候，乳房上也长脓包，这脓胞被称为"牛痘"。当挤奶人接触到这些脓胞之后，手指上也要长出一个个小牛痘。他还得知，在整个奶牛场的人中，凡是长过一次牛痘的人，就再也不会得天花病了。由此，詹纳从中敏锐地意识到，给人种牛痘（疫苗）就是获得天花免疫的一种安全方法。

詹纳决定做人体试验，可是谁也不愿意冒风险当"试验品"——当时流行的是种人痘。

机遇来临了。农场牧工菲普斯太太的大儿子，在种人痘之后刚刚死去，她不愿体弱的小儿子重蹈覆辙，听说詹纳发明牛痘法以后就自告奋勇，把小儿子带去接种。1796 年 5 月 14 日，詹纳从内尔梅丝姑娘身上的牛痘脓包里抽取了少量液体，直接注射在 8 岁的牛痘患者——詹姆斯·菲普斯（1788—1853）身上。如事前所料，菲普斯在 10 天之后逐渐康复。詹纳又给他种了一次牛痘，果然取得了免疫力——此后

再也没患天花。

詹纳成功了——两千多年来严重威胁人类生命安全的恶魔般的疾病被征服了!

前述内尔梅丝的病为什么会好呢?原来,她患的并不是天花——詹纳误诊了,但是他所用的药正好把她患的病治好了。这是"歪打正着",真是令人难以置信的巧合,但我们更应看到,是积累了多年的詹纳抓住了这次机遇。

这里要说明的是,在许多出版物中,菲普斯被描述为第一个接种牛痘疫苗的人。其实,菲普斯是詹纳在第一篇治疗天花的论文中提到的第 17 个病例。

然而,当詹纳把经过 30 年调查研究之后写出的《牛痘的成因与作用》(又译《天花疫苗因果之调查》),在 1798 年转送给英国皇家学会的时候,竟被拒绝发表。詹纳只好于次年自费非正式出版了这本仅有 75 页的小册子,无私地公开了他的研究成果,但这却引出一片斥责——"疯子""虚伪的预防"之类的骂声,不绝于耳。"种牛痘会使人头上长牛角,发出牛的叫声。"像一家英国报纸的这种胡说,以及头上长牛角、耳朵变牛耳之类漫画铺天盖地。英国甚至还成立了反牛痘法联盟。

那么,为什么一些人要对这样的好事说"不"呢?原来,詹纳的发明触犯了当时的旧礼教,更何况多数人还没有看到"实效"。

詹纳并没有因此退缩,而是为人们接受牛痘法宵衣旰食。随后,他又发表了另外 5 篇论文,并在亲友的帮助下常年四处宣传,免费给人接种。

到了 19 世纪初,人们终于开始认识到了牛痘法的价值,牛痘法迅速被人们采用。

牛痘法在英国迅速传开后,不久就在不列颠陆、海军中强制实行,政府还通过了禁止种人痘的法令。詹纳无私地把牛痘法奉献给全世界,无意从中谋利。英国议会为了感谢詹纳给人类带来的巨大福祉,在

1802 年和 1806 年，先后给了詹纳 1 万和 2 万英镑的重奖。

此时，正值英法战争，詹纳的朋友威廉姆斯等人被法军俘虏。然而，在"天花之神"詹纳给法国皇帝（1799—1815 在位）拿破仑 (1769—1821) 写信之后，起初连信封也不愿打开的这个皇帝，却在后来释放了詹纳的这两个朋友。拿破仑还推广牛痘法，曾下手谕让士兵都种。一位皇帝能给正在交战的敌国的俘虏和发明"开绿灯"，不但说明他的开明，而且能看出詹纳的伟大人格魅力及其重大发明在拿破仑心中的分量。

詹纳成了世界名人之后，得到过许多荣誉和奖励。人们在日内瓦为他建立了一座雕像，在纪念碑上刻着："向母亲、孩子，人民的英雄致敬。"

中国也认识到种牛痘比种人痘安全，并引进这一技术。最终，全世界都逐步用牛痘法取代了人痘法。

由于从 1977 年 10 月在索马里根治最后一例天花患者之后，就再没有发现过天花，所以世界卫生组织于 1979 年 10 月 26 日在肯尼亚首都内罗毕庄严宣布：1979 年 10 月 25 日为"世界天花绝迹日"。中国的最后一批天花，是 1961 年在云南沧源县被消灭的。

詹纳不是有惊天动地的创新思想的科学家，但是他的发明却最终使一种瘟神般的恶病灭种绝迹，做出这种伟大贡献的人，至今绝无仅有！于是，美国作家迈克尔·H. 哈特在《历史上最有影响的 100 人》中把他列在第 72 位。

詹纳之后 200 多年的今天，我们还不能保证对诸如癌症等许多"绝症"说"再见"（更说不上"永别"），从而使许多人悲惨而遗憾地英年早逝。用天花绝迹这个和我们渐行渐远的史实来对照这个尴尬的现实，不但使我们感受到科学那振聋发聩的伟大潮声，对科学家肃然起敬，而且认为詹纳的同代人和后人给他的一切荣誉，他当之无愧！詹纳的业绩和美德将万古流芳，到地老，到天荒！

天花绝迹了，但人类对它的研究并没有完全结束。目前，全球仅有的两个储存天花病毒的国家美国和俄罗斯，仍然反对销毁天花病毒。有人主张销毁，理由是要防止生物武器；有人主张保留，理由是应继续研究。美国有1 540万份天花疫苗，保存在各地的秘密仓库中，但对2.5亿美国人依然不够，所以他们在继续做着相关的研究。美国总统（2001—2009在任）小布什（1946— ）曾于2002年12月30日下令，在高危地区服役的所有200万士兵都要接种天花疫苗，他自己也接种了这一疫苗。

猴痘祸首土拨鼠

2003年5月初以来，美国中西部三个州接连爆发了一种神秘的疾病，结果查明是"猴痘"病毒首次在西半球爆发。猴痘病毒与天花病毒同属一个家族，好在没有后者致命。美国没有猴痘疫苗，但有天花疫苗来对付。

现在，泰晤士河依然静静地流淌，伦敦的街市照旧繁华喧嚣。它们还在不断地讲述着那些动人的征服天花的故事……

格洛斯特大教堂的詹纳塑像

尘埃和水草的启示
——李斯特发明石碳酸消毒法

"女士们，先生们，我要向一位伟大的朋友致谢……"

1892 年 12 月 27 日，是法国化学家兼生物学家巴斯德（1822—1895）的 70 寿辰。这一天，法国总统和各国科学家的代表，以及巴斯德的亲友和同事等欢聚一堂，纪念他 50 年来对科学做出的巨大贡献。在隆重的庆典上，一位特地越过英吉利海峡赶到巴黎的英国医学家，就这样为自己慷慨激昂而真挚深情的答谢发言开了头。

这位英国医学家是谁？他为什么要特地远涉大海，来向他的科学前辈巴斯德致谢呢？

英国皇家学会会员兼业余物理学家（研究复合显微镜的消色差透镜先驱之一）——约瑟夫·杰克森·李斯特（1786—1869）家的约瑟夫·李斯特（1827—1912）第一男爵，在 1844 年进入伦敦大学医学院学习，1852 年获得医学硕士学位，1860 年任格拉斯哥大学的外科学教授。1861—1869 年，他在英国格拉斯哥（Glasgow）皇家医院当外科医生兼外科负责人。

李斯特

李斯特所在的医院里，许多手术后的病人，即使在很干净的病房里做手术，也会因伤口感染化脓腐烂而死亡。在 1861—1865 年间，这种感染的死亡率高达45%左右，而在欧洲的其他国家更高达60%。

这是什么原因呢？许多医生认为这是医院内外存在的一种"瘴气"引起的，但这一解释不能使李斯特满意。

1865年的一天，李斯特偶然读到巴斯德的一篇论文，学到了许多有关细菌引起疾病方面的科学知识。这给他提供了主导思想：如果疾病感染是由细菌引起的，那么防治的方法就是在它进入暴露的伤口之前就把它消灭掉。

那么，细菌又是从哪里如何进入伤口的呢，用什么药物来杀灭细菌呢？

在这一年的一天清晨，金色的阳光破窗而入。李斯特偶然发现，薄雾似的尘埃在阳光的照耀下，在病房空中纷纷扬扬。这使他突然领悟到，微小的细菌一定是混杂在空气中进入暴露的伤口的。他还领悟到，与伤口接触的纱布、绷带、棉花和手术刀等，也会沾上看不见的

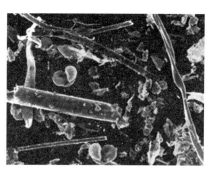

显微镜下房间内的灰尘

细菌，然而他却一时没有找到杀灭它们的药物。

也是在1865年的一天——不过这次却是傍晚，为寻找杀灭细菌的药物宵衣旰食的李斯特，来到爱丁堡郊外的一条林间小道散步。他在不知不觉走到一条污水沟的时候，发现沟中生长着许多鲜艳翠绿的水草。在通常的污水沟里是草木不生的，这些水草为什么会在这条污水沟里生机勃勃呢？"这条污水沟中一定含有某种能防腐的物质！"他自言自语，决心揭开这个奥秘。

当晚就夜不能寐的李斯特在第二天就开始调查。最终，他找到了答案——污水沟的污水中有大量的石碳酸。那么，这些石碳酸又是从哪里来的呢？他逆流而上，找到了石碳酸的源头——上游一家提炼煤焦油的化工厂。工厂把石碳酸——提炼煤焦油之后没有用的副产品，

堆放在露天场地上。雨水把这些石碳酸
溶解之后，一次次地连同化工厂排出的
污水流入那条爱丁堡郊外的污水沟。因
为石碳酸的强烈杀菌防腐作用，所以那
些水草就鲜活地"出污'水'而不
染"了。

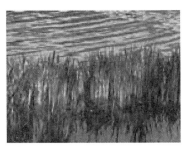

污水沟中竟有生机勃勃的水草

　　就这样，李斯特想到了用石碳酸来
杀死细菌。于是，他把石碳酸喷洒在空气中，并用它洗涤手和清洁医
用器械。

　　李斯特的这一招果然灵验。例如，在 1865 年 8 月 12 日，李斯特就
给一个被马车压断了腿的 11 岁男孩成功地施行了外科手术——当然，
用了他的石碳酸消毒法，给手术器械和室内环境消了毒。他于 1867 年
在自己工作的皇家医院给自己的姐姐做的首例无菌手术，则被医学界
称为"现代外科学的一次革命"。

　　李斯特第一篇杰出的灭菌学论文发表于 1867 年。遗憾的是，他的
观点并没有立即被人们接受。

　　在最公正的裁判——时间面前，李斯特的石碳酸消毒法确实灵验
——大大地增加了伤口的愈合率，减少了伤口化脓感染和病人的死亡
率。在 1865—1869 年这 4 年期间，他主管的病房里病人手术的死亡率，
就从前 4 年的 45% 左右降到 15% 上下！李斯特终于"用事实说话"，
让人们开始接受他的观点。

　　于是，在 1874 年的时候，李斯特就向巴斯德写了一封热情洋溢的
感谢信："请你允许我借这个机会恭敬地向你致谢，感谢你指出细菌是
导致腐败的真正原因。根据这唯一可靠的原理，我才找到了防腐的有
效方法。"

　　此时，我们就知道故事开头提出的两个问题的答案了：那位向巴
斯德致谢的英国医学家就是李斯特；他特地到巴黎致谢的重要原因，
是巴斯德的细菌致病说让他发明了石碳酸消毒法。

1877 年，李斯特被任命为英国伦敦皇家学院的临床外科教授，任职达 15 年之久。他还担任了英国女王（1837—1901 在位）维多利亚（1819—1901）的私人外科医生。他在伦敦做了灭菌外科演示实验，引起了医学界的浓厚兴趣，接受他的思想的人开始增多。到他尽享天年之时——19 世纪末和 20 世纪初，他的灭菌原理被医学界普遍接受。他也在退休后的 1895—1900 年，被推选为英国皇家学会的会长——只有"科学领袖级"的人物才可能担任的重要职位。

李斯特的发现，使医学外科学领域发生了彻底的革命。这不但挽救了千百万手术病人的生命，还救活了这样的病人：如果被感染上细菌的危险性还像李斯特之前一样大的话，他们是不愿做这样的手术的。李斯特的发现，还挽救了那些因危险性大而被列为禁区手术的病人的生命。例如开胸手术，在李斯特的消毒法发明之前一般是不敢做的——即使手术成功，也十有八九会因细菌感染而使病人死亡。

在李斯特做出成就之前的 25 年，在维也纳总医院工作的匈牙利医生伊格纳兹·塞梅耳维斯就一清二楚地说明灭菌法在产科和外科中的优点。为此，他还写了一本专著来阐明其思想。可是，这位教授的工作却基本上被忽略了，以致灭菌法并没有被采纳，他也鲜为人知。美国作家迈克尔·H. 哈特在《历

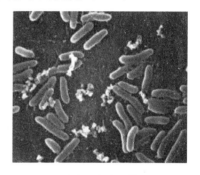

无处不在的细菌

史上最有影响的 100 人》中，对质疑他把李斯特排在第 60 位的人说，这些早于李斯特的人也可以做出的发明，但实际上却是诞生在李斯特的手中——这就是他把李斯特排在高位的理由。

一缕清晨阳光中的灰尘、一条傍晚污水沟中的水草，这些普通人熟视无睹的普遍现象，就引出了李斯特抓住机遇，发明沿用至今的石碳酸消毒法的故事。那么，我们能从中领悟到什么呢？

适量光照会有益
——芬森发明光线治疗法

1893 年的一天，在哥本哈根医用光线研究所工作的丹麦医生尼尔斯·赖波·芬森（1860—1904）外出。突然，一只猫映入他的眼帘，引起了他的注意。

猫是随处可见的动物，这只猫有什么特别之处，会引起芬森的"特别关照"呢？

原来，芬森偶然看到的这只猫有"向光性"。开始，它静静地躺在露天下晒太阳。过了一会儿，芬森却发现，猫躺的位置变了。他又继续观察，发现每当阴影出现的时候，猫都要挪动位置，始终让阳光照到自己身上。这使芬森觉得奇怪——是不是猫怕冷呢？如果不是，那怎么要随阳光变动位置呢？

猫，总是要挪动身体去"晒太阳"

芬森慢慢走近这只猫，进行近距离观察。这只猫倒也"配合"——没有因为"异类"来临而本能地逃离。经过细心观察，芬森终于发现猫晒太阳的原因。原来，不是猫怕冷，而是它身上有一个发脓的伤口，正在用阳光给自己治伤呢！

芬森找到了猫晒太阳的原因之后，还进行了下一步的研究——阳光中的哪些光在起治病的作用？最后，他发现是阳光中的紫光和紫外光部分具有治疗疾病的作用。后来，他还发明了"芬森氏灯"和"光线疗法"——用光线来治疗一些疾病。

芬森的发明，使光线疗法在 20 世纪初开始得到了广泛应用。芬森也因为用光线治疗疾病——特别是治疗狼疮，独享 1903 年的诺贝尔生理学或医学奖。他也成为第一个研究光线疗法而获此殊荣的医学家、科学家。光线（含不可见光如 X 光）治病的方法，也从他的研究开始了。

其实，我们有时也有意无意地用光线治病。缺钙的病人（佝偻病人）除了要补钙，还要补充维生素 D——它能促进吸收钙和磷。此时，就可以适当晒晒"温柔"而不是"火辣辣"的阳光——它能帮助人体的皮肤产生维生素 D。有经验的母亲会经常把自己的婴儿抱到室外去晒晒太阳，就是这个道理。当然，维生素 D 是脂溶性的——在脂肪中才能被溶解的维生素，所以也不要忘了同时补充油

芬森

脂。此外，我们还有这样的经验，如果长期生活在阴暗的环境中，就会得一些怪病，所以医生告诫我们要经常到户外活动，亲近大自然，去接收光线。

20 世纪末期，在研究放射线对人体影响的领域里，出现了一个十分引人注目的新名词——"荷尔米西斯效果"。"荷尔米西斯"是希腊语中含"刺激、促进"等意的词。荷尔米西斯效果的意思是，放射线和药物一样，过量对人体有害，适量对人体有益。1980 年，美国密苏里大学的拉基教授，对约 1 200 种动植物进行放射线照射并分析其实验结果之后，提出了"荷尔米西斯效果"这一概念。

科学家们相继证明了荷尔米西斯效果不但适用于人体，也适用于任何生物。在 1987 年，法国科学家普拉奈尔用草履虫做实验时，发现被铅板屏蔽射线环境中的草履虫繁殖活性低；而辐射剂量恢复到天然辐射剂量的时候，它又恢复繁殖活性。日本东北大学东京女子医科大

学联合研究小组经过临床实验证明，对恶性淋巴肿癌患者进行低剂量放射线治疗，有 70 例患者全部痊愈。

目前，对荷尔米西斯效果的作用原理，科学家们虽然做出了一些猜测，但仍然没有明确的结论。不过，这个效果有可能给人类攻克某些"不治之症"带来福音。

光线治疗法分红外光治疗法和紫外光治疗法等多种，例如现在广为人知的激光治疗法，就能治疗许多原来不能治疗的疾病。

过强长期照射的光线能导致某些疾病（例如皮肤癌），适当的光线能治疗某些疾病；这两个现象为量变到质变的规律提供了又一例证。这里要提醒读者朋友的是，光线——例如激光也不是"万能药方"，对那些声称"包治百病"的"高科技激光治疗仪"，应保持高度警惕！

输血致死之后
——兰茨坦纳发现人类血型

护士将一张白被单轻轻拉起，蒙住了已停止呼吸的年轻产妇的脸……

这是1818年发生在伦敦盖伦医院悲惨的一幕——就连意志坚毅、见过无数生死悲喜剧的詹姆斯·布伦德尔（1790—1878）医生，也忍不住背过身去："唉，又是一例分娩时大出血而死去的产妇！"

几天以后，英国妇产科医学家、生理学家布伦德尔又遇到了一位大出血的产妇，医生的心狂跳起来了——一场悲剧眼看在所难免！突然，他脑中闪现了一个奇特的

布伦德尔

想法：从我身上抽点血出来，输入这位妇女身上试试——说干就干，他挽起了袖子……

奇迹发生了，妇女的心跳正常了，脸上有了血色。过些时间后，她睁开了眼睛，茫然地看着围在病床前的亲人和医生，完全没有意识到自己刚从地狱的门口回来。

这就是人与人之间输血的第一次成功尝试，是布伦德尔对人类的伟大贡献。1818年12月22日，布伦德尔在伦敦医学年会上，做了输血成功的第一例报告。

布伦德尔的输血治疗方法当时并没有得到广泛认同，而是引起很

大的争议。于是，他又用动物与人进行了一系列的实验。经过 10 年的实践（其间的后 5 年 10 次对人输血，有 5 次对病人有利），他于 1829 年在世界著名医学杂志——英国《柳叶刀》上发表了相关论文。

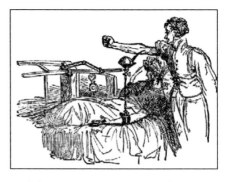

医学博士布伦德尔于 1829 年发表在《柳叶刀》上的论文中的输血插图

当然，布伦德尔的成功，也是前人"从玩命到救命"这种尝试的延续。

有史料记载的西方史上第一次比较著名的输血，是罗马教皇（1484—1492 在位）英诺森八世（1432—1492）的尝试。他在临死前找来了 3 位 10 岁左右的男孩，把他们的鲜血输入自己的体内，以得到"青春的力量"，但经过一番折腾后，他们都魂归西天。

罗尔

第一次成功的动物输血实验报告，是来自牛津的英国医生理查德·罗尔（1631—1691）于 1665 年发表的——他在狗与狗之间输血的案例。

罗尔很难找到同意输血的人，但是一个古怪的学者——"癫狂症"患者阿瑟·科加（Arthur Coga），却答应罗尔的输血请求。1667 年 11 月 23 日在英国皇家学会，罗尔等人对科加输入了 9～10 盎司的绵羊血，科加还因此得到了 20 先令的报酬。这个划时代手术的过程，刊登在英国皇家学会的《哲学会刊》上，然而，罗尔和英国皇家学会被人们嘲笑为疯狂的科学家。

"我的丈夫脾气暴躁，天天醉酒，动不动就打人。" 1668 年的一天，一个妇女对法国医生丹尼斯说，"请你给他输入'圣洁的羊血'，把他改变一下吧！"丹尼斯在她的苦苦哀求之下，终于答应了——第一次输入了 150 毫升，但没有想到，在第三次输血的时候，这个脾气暴躁的丈夫就在狂躁中死去了。他成了输血史上的第一个有记载的牺牲者。就这样，"残暴的医生"丹尼斯也因"过失杀人"而锒铛入狱，虽然后来证明这个人是被他的妻子毒死的。丹尼斯曾在此前的 1667 年 6 月 15 日，把羊羔的血输给一个 15 岁多的男孩，也许是输血量太少，男孩幸存下来。丹尼斯"过失杀人"之后，"输血致死"的流言蜚语，

古代输血

阻止了输血的脚步——例如，1670 年 1 月 10 日，法国国会就通过了禁止输血的法律。

当然，"禁止"阻挡不了科学发展的脚步。一些医生对输血的方法和器械做了各种改进。许多濒临绝境的病人在接受输血之后，很快恢复了健康。

可是，在后来的输血中，却不断有受血病人出现发冷发热、头痛胸闷、呼吸紧迫和心脏衰竭等症状，最后因此而死亡的事故。一开始，人们猜测是输入的血液发生凝固而造成的。当防止血液凝固的物质被发现，有效地解决这个问题以后，这种"输血反应"仍经常发生。又有人猜测，可能是输血过程中的感染引起的，但是当严格采用无菌术来杜绝细菌感染以后，危险的输血反应依然存在。事实上，当时的输血治疗，就大约有 40% 的人死亡。

为什么输血后病人会有输血反应呢？人们继续进行种种研究和探索。

出生在奥地利的美国生物学家、免疫学家、病理学家、医生卡尔·兰茨坦纳（1868—1943）调查了许多输血病人的医案，令人纳闷的是：为什么有人接受输血后，完全没有反应，而有的人却发生致命的反应？是否与性别差异或彼此血缘差异有关呢？不是！因为他通过研究发现，即使在直系亲属之中——例如，父子、兄弟、姐妹之间的同性别输血，有时也会发生输血反应。

兰茨坦纳对多名因输血反应而丧生的病人作了仔细的分析，揣摩着这些病人的病理变化：会不会是输入的血液与病人原有的血液混合后，产生了某种不良的变化呢？究竟是怎样的变化？这一连串的谜，只有通过试验研究才能解开。

兰茨坦纳

于是，兰茨坦纳把实验室里的5位同事召集起来，谈了自己的设想。他要先看一看，连他在一起的6个人之间，彼此的血液混合以后，究竟会有什么变化。他从每个人的静脉里抽出一小管血液，然后把它分离成淡黄色半透明的血清和鲜红色的红细胞两部分。接着，他在一个白色大瓷盘里分开滴下6滴来自同一个人的血清，最后再把从每个人的血液里分离出来的红细胞分别滴在每一滴血清上。

突然，一种奇怪的现象出现了：有几滴血清滴入红细胞后，呈均匀一致的淡红色；而另几滴血清里滴入的红细胞却凝结成絮团状——红色的凝块散布在淡黄色的血清里，形成鲜明的对比。

这是怎么回事呢？再看看第二个人的情况。兰茨坦纳又把第二个人的血清一一滴在瓷盘里，再把6个人的红细胞分别滴在每滴血清上。结果，也出现了两种截然不同的现象。

兰茨坦纳把凡是滴入红细胞后出现絮状凝集的，用"＋"号表示，不出现凝集的，用"－"号表示。当他把6个人的血清按照同样的方法试验一遍之后，就得出了如下表格。表格中外文字母是每人姓名开头的字母。

血清 \ 红细胞	St	P	S	E	Z	L
St	－	＋	＋	＋	＋	－
P	－	－	＋	＋	－	－
S	－	＋	－	－	＋	－
E	－	＋	－	－	＋	－
Z	－	－	＋	＋	－	－
L	－	＋	＋	＋	＋	－

兰茨坦纳一连几天凝神苦想，仔细分析着这张表格显示的意义。他发现，每个人的血清和自己的红细胞相遇，都不会产生凝集；而不同人的红细胞和不同人的血清相混，就可能出现不同的结果。如果产生凝集反应，那絮状的团块不就会堵塞体内的毛细血管么——这不正是输血反应的根源吗？想到这里，兰茨坦纳茅塞顿开。

在这次试验中，6 个人的反应恰巧呈现三种不同类型。第 1 和第 6 例，全部红细胞都不发生凝集反应，兰茨坦纳把它们划为第 I 型；第 2 和第 5 例的凝集反应相同，划为第 II 型；剩下的第 3 和第 4 例也相同，划为第 III 型。

根据以上结果，兰茨坦纳在 1900 年正式宣布：人类有 3 种血型——A、B、C（即后来的 O）型，不同血型的红细胞和血清相混而产生的凝集，是致命的输血反应的秘密所在。他还用第 I 型和第 III 型的血清制成用来测定人类血型的标准血清。只要在输血前预先测定血型，选择与病人相同血型的输血者，就可以保证输血安全。

1902 年，兰茨坦纳的同事和助手狄卡斯德罗（Decastell）医生把实验扩大到 155 人，发现了 D（即后来的 AB）型血。后来，经过他们和 1907 年捷克医生扬斯基和莫斯等的研究，把血型统一划分为 A、B、O 和 AB 型。1921 年，世界卫生组织正式向全球推广认同和使用 ABO 血型系统（包括 A、B、O、AB 四种血型）。

就这样，"输血医学之父"兰茨坦纳也因为"发现了人类的主要血型"，独享 1930 年诺贝尔生理学或医学奖。他当之无愧——人体总长 96 000 千米（一般身高的成年人大致数据）的血管长河，时刻源源不断地给我们提供养料，排出废物；他的发现对免疫学、遗传学、法医学等都有重大意义。

兰茨坦纳用的是科学中的"本质分类法"。这种方法的重要性已经由恩格斯说出来了："没有种的概念，整个科学就没有了。"

血型的研究成果，诞生在抓住机遇的布伦德尔和兰茨坦纳等人的手中，而且研究一直在继续。

1927 年，兰茨坦纳和美国免疫学家菲利普·列文（Philip Levine），共同发现了 M、N 和 P 血型因子，导致 MNSs 血型系统的发展。

道塞

1940 年，兰茨坦纳和英国医师亚历山大·韦纳（1907—1976）发现了 Rt 血型。1958 年，法国免疫学家让·巴普蒂斯特·加布里埃尔·约阿希姆·道塞（1916—2009）又发现了 HLA 血型，他还因此和"阐明与研究控制免疫细胞反应的细胞表面的遗传决定结构"的另外二人共享 1980 年诺贝尔医学或生理学奖。现在有 ABO、Rt、HLA、MN、RH 等不少于 20 个血型系统的 100 多种血型。在 2005 年 8 月，台湾发现了一例 P 血型的女性。2018 年，输血国际协会（ISBT）认可了被分配给 36 个血型的 346 种血型抗原。

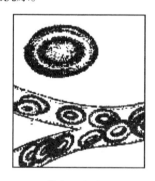

血管中流动的血液

血型是按血液中红细胞的抗原和血清中的抗体来划分的。血型由先天决定，通常一生不变，所以鉴别血型是刑侦破案的一种有力手段——刑侦专家能从 50 多年前的血迹中测得血型。在特定条件下，血型也可以改变——例如移植骨髓干细胞之后，肿瘤患者等在放射性或某些药物治疗之后（改变短暂而且不彻底）。具体的实例，有《悉尼先驱报》在 2008 年 1 月 25 日报道：15 岁的澳大利亚悉尼市的女孩黛米·丽·布兰南在 2001 年 9 岁换肝之后 9 个月，血型就由原来的 O 型阴性变为捐肝者的 O 型阳性；她的自体免疫系统也被捐赠者的免疫系统取代，这在全球尚属首例发现——它发生的概率只有 60 亿分之一。

冷水洗耳为何眩晕
——巴拉尼测定平衡功能

"巴拉尼，您在哪里？"报纸刊登了这则寻人启事——斯德哥尔摩在呼唤，维也纳在呼唤……

1914年，第一次世界大战的硝烟弥漫欧洲大陆，然而，地处北欧的瑞典，却悠然中立于战火之外——诺贝尔基金会照例通过头版头条新闻，发表颁奖决定："将本年度的生理学或医学奖授予奥地利耳科医生罗伯特·巴拉尼（1876—1936）一人，表彰他在前庭装置生理学与病理学方面的丰功伟绩。"

诺贝尔基金会把获奖通知书发到了巴拉尼所在的维也纳耳科研究所。可奇怪的是，久久没有回音。后来才知道，这位热心的医生，为了救护颅脑负伤的伤员，为了在伤员身上观察和体验他创立的前庭装置－小脑－肌肉三者相关的设想，竟不顾自己膝关节僵硬的病痛，志愿在奥地利军队里当战地外科医生。不幸的是，他所在的部队在一次战斗中被击溃，他下落不明。

巴拉尼

冰天雪地的西伯利亚，在铁丝网和岗楼下的一间大屋子里，挤满了丢盔弃甲的战俘。一个角落里，躺着一个连腿都不能蜷缩的中年人。他眯缝着眼，却没有闭目养神——秃顶的脑袋在思索："我们的头骨创伤治疗法太糟了，很容易招致感染，如果先仔细洗涤创面，再初步缝合伤口，那肯定会预防继续感染，避免死亡。"

这位中年人就是巴拉尼——在这失去自由的战俘营里，他的科学探索仍未停歇。

诺贝尔基金会几经周折，才弄清巴拉尼的下落；经调解，才在1916年把他从战俘营中解救出来。这年的9月11日，专门为他举行授奖庆典——此时，距发表颁奖决定已近两年。

巴拉尼是一位诊治耳科疾病很有造诣的耳科大师，被称为"耳科奇才"。

1909年的一天，一位病人找到巴拉尼，让他治疗耳科病症。巴拉尼让病人坐下来检查，发现病人耳内有些污物，决定给他洗耳。当他把冷水注入病人耳内后，奇怪的现象发生了：病人感到眩晕，而

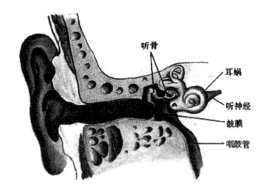

人耳的结构

且眼球向一侧震颤。为了证实和继续研究，他又给另外的人分别用冷水和热水洗耳，结果又发现用热水洗耳后也感到晕眩，但眼球却向相反方向震颤。

为什么会这样呢？巴拉尼对这一偶然发现的现象进行了探讨试验，结果，他提出了"温热对流学说"：温度对流对内耳前庭装置有刺激作用，因而能帮助人体保持平衡。他受此启发，发明了沿用至今的热温、旋转和指点三种试验方法——"热检验"即"巴拉尼检验"。继1906年发表这方面的研究成果之后，他又在1910—1912年间，先后发表了《半规管的生理学和病理学》和《前庭装置的机能试验》两部著作。他获奖的原因，就是"在前庭生理学和病理学方面的成就"。

巴拉尼不但以他的理论使人们认识了耳朵的功能，而且还在有生之年治好了许多耳科绝症。

　　"人间最可怕的是一知半解而又以通达自居。"巴拉尼治学严谨，一丝不苟，常说，"我自觉所知渺渺。"他仔细观察常见现象，认真思考问题，大胆提出假设和推理，精心实验研究，最终找出事物内部的规律。这条探索科学的成功之路，是他留给我们的精神财富。

　　科学之舟是不断劈波斩浪，奋勇前行的。在 21 世纪初的研究表明，宇航员在失重而且不发生温度对流的情况下，保持平衡的能力和在地面一样，这个现象对巴拉尼的温热对流学说提出了挑战。

两个鸡蛋打破骡马粪结
——李留栓"捶结"治结症

结症是骡马的常见病。如果饲料铡得太长，又返潮、发艮，骡马嚼不烂，就容易在肠子里结成一个硬疙瘩，这就是"粪结"。这种结症，灌药驱不散，扎针捅不开。这样，肠子就不能蠕动，慢慢失去正常功能，导致坏死、腐烂，最后造成骡马死亡。俗话说："十结九不治。"结症一直被看成是骡马的"绝症"。

为了征服这个"绝症"，中国人民解放军某部队原军马科兽医李留栓查看有关医学书籍，四处走访，研究了几年，但都无果而终。几年来，他为不能医治骡马的结症发愁，面容一天天消瘦。

20 世纪 60 年代的一天，李留栓下班回家，妻子看到他眉头紧皱、沉闷不语，就知道丈夫肯定遇到了难题。仔细一问，才知是因为近来经他诊断过的牲口，死于结症的已经有 100 多头了——而每死一头，都增加了他的一份心理压力。

李留栓的妻子见他"为伊消得人憔悴"，很心疼。于是，一边安慰他，一边做饭——这次要煮鸡蛋给他补补身体。"叭！叭！"两声——两个鸡蛋打在烧开了水的锅

家常小事"打鸡蛋"启发捶结术的发明

里。沉思中的李留栓被突如其来的这两声清脆磕击声惊醒，心中一震。突然，他受此启发，得到了灵感：用手捏一个鸡蛋，用很大的劲也捏不破，但轻轻一嗑，蛋就破了；治结症，关键是把粪结打碎，那是不

是也可以像打鸡蛋那样把粪给打碎呢？

受到这个偶然现象的启发，李留栓决定马上试一试。连饭也顾不上吃，他就骑上自行车直奔喂骡马的牲畜栏。他试着用设想的方法给骡马治病。经过几次试验，最后，他用一只手伸进病骡马肛门直达肠子里，并握住粪结按在腹腔壁内，用另一只手在腹腔外用力捶击粪结，果然粪结被打碎了。

过了几天，这只骡马逐渐转危为安。

这就是"两个鸡蛋打破骡马粪结"——李留栓用"捶结术"治疗骡马结症的故事。从此，这种骡马的"绝症"已不再是绝症，捶结术也被载入医学手册。

就这样，李留栓先后用他发明的捶结术治好了2 000多匹骡马的结症。

打鸡蛋谁都见过，李留栓肯定以前也见过不少次。那为什么其他的人或者以前的李留栓，都没能从中悟出治骡马粪结症的方法呢？辛勤的劳动，对关注的问题长期的苦心思考和不断钻研，像积累了一大堆干柴，偶然听到的磕鸡蛋声犹如擦燃的火柴，一下子就把干柴点燃而化为熊熊燃烧的发明烈火。干柴和火柴，缺一不可——就是这个问题的答案。

治疗骡马结症的一等功臣李留栓继创造了捶结术之后，又在20世纪70年代初成功地创造了针刺治疗骡马结症的"针结术"。

据记载，中国古代对捶结术已经过有一定的研究。

在中国古代，有一个叫卞宝的人，据说是东原人，曾经担任"管勾"这个职位，所以后世称他为卞管勾。卞宝写了一本名叫《痊骥通玄论》（另有名《司牧马经痊骥通玄论》或《马经通元方论》）的书。由于这本书是注释马病经典《安骥集》中的手术疗法和诊断中难解的各种问题，通晓玄妙方法，所以又取名《马经通玄方论》。

《马经通玄方论》原来有六卷。据《四库全书总目提要》记载，这本书在《永乐大典》中被节录成两卷。书中包括"三十九论"和

"四十六说"两大部分。"三十九论"的一至三十三论，是注释《安骥集》的起卧入手论歌诀，对直肠入手诊断和治疗结粪引起的马疝痛病有较

骡马：曾经的重要运输力量

深的认识。书中记载的"打结术"就是捶结术，已为现代兽医学广泛用于临床治疗。

从治癫痫病开始
——"大脑半球分工"的发现

斯佩里

1981 年 10 月 9 日，加利福尼亚州理工学院内喜气洋洋。在这一天的清晨，院长郭百格接到了一个报喜的电话：本院的美国神经生物学家罗杰·沃尔科特·斯佩里（1913—1994）教授已被评为今年诺贝尔生理学或医学奖的三位获得者之一。几小时以后，记者招待会将在校内举行，可是，到处都找不到斯佩里本人——最后只好由斯佩里的同事和助理代为出面接受记者们的提问。

他们向大家解释说："斯佩里夫妇性喜自然，他们总是骑着自行车在人烟稀少的海边露营。现在，他们又去露营去了，我们不知道他们的日程和路线，因此无法联系上。"

虽然人们望眼欲穿，但斯佩里却在 7 天之后才姗姗归来。更令人意外的是，他在获奖的当天就从收音机内知道了消息，可他却照样按着原定的计划进行他的悠闲漫游。他就是这样，从幼年到成年，无论对生活，还是对待工作，都坚持一个信念——劳逸结合、智体并重，无所羁绊。

那么，斯佩里为什么会得奖呢？

癫痫是一种脑部疾病，俗称羊癫风或羊角风。癫痫严重发作的时候，病人会陷入麻痹状态，甚至有停止呼吸的危险。在这种"危险局面"之前，医生当然不忍坐视，于是想到切断脑胼胝体——连接大脑中左脑和右脑之间的"枢纽"，使它们的一方所产生的扰乱电流不致波及另一方。这种手术，被称为"割裂脑"。这样做的目的，是临时缓解症状，而并非为了根治。令人吃惊的是，手术后不仅"一方"平静，而是左脑和右脑都平静了下来——这是因为它们之间失去了联系。这一手术首先由罗彻斯特大学医学中心（URMC）第一任神经外科主任——20世纪神经外科的领军人物威廉·佩里内·范·瓦格能（1897—1961），以及美国神经外科学家赫伦（Herren），于1940年在临床上对慢性顽固性癫痫病人使用，获得较理想的疗效——癫痫发作几乎完全消失。

当然，施行这种手术以后，有时也会出现许多奇异的现象。另外，也对一些外伤病人施行这样的手术。例如，美国士兵约翰的头部在第二次世界大战中受了伤，医生就不得不切除了他的胼胝体。

从那以后，在遇到重症癫痫患者的时候，医生就开始用这种新的疗法，挥舞手术刀——伸向胼胝体这个禁区。这种粗暴的医疗方式，以后竟为挨不上边的脑功能创造思维的研究奠定了生理基础——真是医学科学偶然发现的奇迹。完成这一划时代发现的人，就是当时还在美国芝加哥大学精神病治疗机构的临床医师斯佩里。

从20世纪50年代以来，斯佩里就在研究大脑。当他听说约翰的病例以后，就深感这对大脑科学研究来说是个非常宝贵的机遇，于是立刻赶来对约翰进行长期研究。他还做过切断猫、猴子和猩猩等的脑胼胝体的实验。1961年，他对作割裂脑手术的人恢复以后的神经心理学的精巧和详尽测定，意外地发现两个半脑机能的不对称性（asymmetry）和右脑也有言语功能，从而更新了"优势脑"的概念。当他初步发现这个不同之后，马上就把自己的研究方向转向了大脑本身的功能。1971—1974年间，他又在追查癫痫病发作后做了脑胼胝体切断术病人调养的时候，对病人的脑功能进行了测试。在进行左脑和右脑功能测试验过程中，他证实了它们的功能的确不同。

以后，斯佩里一步步地证实，左脑和右脑是各自独立活动的：左

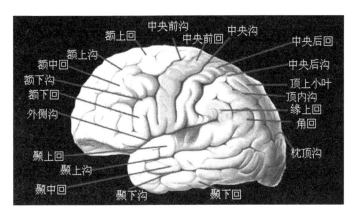

大脑的结构

脑主管语言、概念、分析和计算；右脑（"劣势脑"）主管想象、形象空间感和直观。这项研究开辟了一个全的研究领域——以思维为研究对象。

在20世纪70年代斯佩里的发现之前，右脑是一个不被人们注意的领域——有它不多，无它不少。过去学校教育的成绩，并不能直接表现在创造力上——这一现象一直被认为是由于个人天资不同。其实不然，由于斯佩里对右脑功能研究的进展，已经判明这并不是天资问题，而是在脑系统中什么部位是起主导作用的问题。现在发现，过去一直没有受到重视的右脑乃是创造力的源泉，是主持例行思维的机构。正是由于它的作用，人类才成了地球的主人。

如果是左脑受了损伤，这个人可能就要丧失说话的能力，变成一个残疾人；而右脑受到损伤的人则表面上变化不是很大，只是细看本人有点笨。右脑长期以来并没有引起人们注意的事实，表明社会机制是以左脑的运动作为重点的。偶尔有右脑活动较强的所谓"左撇子"，在人群中也只占极少数。

千百年来，紧紧闭锁着的"创造"圣殿的大门，就意想不到地被斯佩里打开了，所以院长郭百格奉上了诙谐而中肯的贺词："斯佩里，谨向阁下大脑的左右半球一并致贺！"

偶然发现 "噪声" 之后
——射电天文学这样诞生

  1931 年，纽约南面约 48 千米的新泽西州的荷尔姆德尔，矗立着一系列长达 33 米的巨大丁字形回转 "天线阵" ——用矩形金属导线制成。

  它是谁建造的，又用它来干什么？

  20 世纪 20 年代，无线通信日益发达，然而，远涉重洋的无线电话或电报却常常受到 "天电" ——来自宇宙的无规则电波的干扰。为了确定哪些因素会干扰正常的无线电波而形成无规律的噪声，贝尔电话实验室就让年轻的无线电工程师卡尔·古特·央斯基（1905—1950）到这里，负责这项研究计划。天线阵观测站，就是 28 岁开始到贝尔电话实验室工作的央斯基组织建造的。

  当央斯基用波长为 1.5 米的接收机研究跨越重洋的无线电通信的时候，偶然听到耳机中有一种微弱的咝咝声，且每隔 23 小时 56 分 4 秒出现一次——这与地球相对于恒星的自转周期相同。他没有放过这个莫名其妙的奇怪电波。经过一年多的观测研究，他发现这个干扰源每天在天空中顺着日月运动东升西落，它的方向就在人马座，

央斯基

即银河系中心的方向。当时这一发现没有引起人们的注意和研究。

  1940 年，美国无线电工程师、天文学家格罗特·雷伯（1911—2002）用他从 1937 年开始自制的、直径为 9.45 米、频率为 162 兆赫的

射电天文望远镜，也发现了来自银河系中心方向人马座的电波，证实了央斯基的发现。1942年，有英国科学家偶然发现，炮瞄雷达有时突然会受到干扰。经过研究，这个干扰也是因为无线电波——它由太阳发射。

这些重大的发现表明，宇宙天体不但发光，还发出无线电波。那这种电波究竟是"谁"发出的呢？开始，曾有人认为是其他星球上的智慧生物发出的电报，但是普通电报是一种有一定规律的电码，而上述电波则是一种无规律的噪声，因而可以断定它并不是"外星人"拍发的来电。经研究，它是一种宇宙天体本身发射的电波——宇宙射电。

最终，是英国天文学家马丁·赖尔（1918—1984）和安东尼·休伊什（1924—2021）利用央斯基等先驱的偶然发现，抓住了机遇进行研究，从而"因为在射电天文学等方面的开拓性研究"，分享了1974年诺贝尔物理学奖。

从此，古老的天文学就有了一个年轻的分支——射电天文学。央斯基所用的天线阵，可以说是第一台射电天文望远镜。

赖尔　　　　　　休伊什

为了探索更遥远的天体，人们建造了更大的射电天文望远镜。1963年11月在波多黎各的阿雷西博镇附近的天然山谷中竣工的口径达305米的、有盘状天线的射电天文望远镜，就是其中的一个。

其实，早在19世纪末，在德国物理学家赫兹（1857—1894）进行无线电波试验之后，就有人正确地推测天体也会发出无线电波，但是限于当时的无线电发展水平，人们没能发现天体发出的电波。当后来无线电技术已经发展以后，人们却又忘记了去找寻天体的射电——直到1931年央斯基和它"遥相呼应"。

这个"忘记"和其后射电天文学的诞生告诉我们，只要认真思考，完全有可能在已知的客观规律的基础上，分析某种可能出现的必然因素，由此不断进行专门的探索研究，发现尚未知道的新现象和新规律。同时，这也清楚地表明，科学的发展与生产发展水平，所能提供的实验设备之间所存在的辩证关系。另外，实践证明，虽然实验条件尚未具备，但理论基础条件已具备，也可在 19 世纪末，就能预言射电天体的存在——这充分表明理论研究对实践的指导作用。

罗伯特·汉伯里·布朗

射电天文学和射电天文法的出现使天文学别开生面。射电天文法具有光学天文法没有的一些优点。无线电波不受尘埃和云雾的影响，可不分晴雨昼夜地观测。处在密集星际物质背后的空间，难以用光学法观测，而射电天文法则可显示威力。宇宙中有的物质只发出电波而不发出可见光波，用光学法观测就对其无能为力，而用射电天文法则可观测。射电天文法所用的射电天文望远镜能够以很低的代价获得很高的灵敏度和分辨率，这种分辨率已超过光学望远镜几千倍，灵敏率则超过光学望远镜几个数量级。由于射电天文望远镜具有这些优点，使射电天文法能发现更遥远的天体。在 1983 年就已能探测 180 亿光年之遥的类星体。

射电天文学对人类认识宇宙起过重大的作用。20 世纪 60 年代天文学上的"四大发现"——1960 年的类星体、1963 年的星际分子、1965 年的 3K 宇宙微波背景辐射、1967 年的脉冲星等的发现，都与射电天文学的发展有关。可以预言，射电天文学在今后的天体研究中，还将会发挥更大的作用。

射电天文学的另一先驱（也是发明雷达的先驱）是出生在印度的英国天文学家、物理学家罗伯特·汉伯里·布朗（1916—2002）。他 8 岁来到英格兰，在 1936 年即 20 岁时就在英格兰的萨福克海滨和在这里的"雷达之父"罗伯特·沃森·瓦特（1892—1973）的小组一起工作。

哈气与冰晶
——"耕云播雨"朗缪尔

1993年5月8日下午，上海江湾机场两架飞机腾空而起，向西北方飞去。两架飞机升空之后，经过崇明、苏州，抵达常熟上空，沿常熟至金泽镇一线共撒下干冰（固态二氧化碳）粉末500千克。不一会儿，上海上空的云层向西北方向移动——大雨降在常熟至金泽镇一线。

原来，首届东亚运动会5月9日将在上海开幕，据气象预测，上海上空有降雨云气，极有可能在开幕式这天下雨。为了保证开幕式顺利在晴天进行，必须把这些降雨云气消除。啊！对了，它们在执行"消雨行动"计划。

在此前一个世纪，美国就有人"呼风唤雨"了。1890年，一个叫弗朗克·墨尔本的澳大利亚人来到美国，在报纸上刊登了一则广告：任何一个有钱人都可以向他"订货"——他求雨绝对灵验。很快，订单接踵而至，而且越来越多，因为他从不食言。1891年，堪萨斯州一个叫古德连德的小地方遭遇大旱，当地农场主们决定共同请他出山。墨尔本带着"行头"——大木桶和用帆布包裹好的金属圈连接成的烟囱，如约前来。他把粉末撒进大木桶用水搅拌之后，奇臭难闻的烟雾通过和大木桶连接的高达10多米的烟囱向上喷出。两个小时以后，碧空如洗的晴天乌云密布，又一个小时以后，久盼的大雨倾盆而降。

这个时期的"降雨师"不止墨尔本一个，例如美国的克利福特·朱埃尔兹和查尔斯·赫特菲尔德也能让天降雨。当然，他们所用的方法和墨尔本不同。

倾盆大雨从天而降

不过，这些都不是人类第一次"使唤天公"——古代文献中早就有人工驱雾、驱雹的记载。

在第二次世界大战前，法国气象学家贝热龙发明了"降雨起始法"——不过，只能在云层中既有冰晶、又有水滴的条件下才有效。在这次大战中，也有人在机场上燃烧油料，使气温升高到露点以上驱赶跑道附近的低雾，但是，显然这种人工改变气候的方法规模较小，且仅局限于低空。

使人工降雨变成现实的，是通用电气公司（General Electric Company，简称GE）设在纽约州斯克内克塔迪（Schenectady；GE 在 1892 年成立时的所在地，GE 的总部在 2016—2018 年已陆续搬到波士顿）的研究室工作的美国物理学家、化学家埃尔文·朗缪尔（1881—1957），以及没有念完高中、靠自学成才，也在 GE 工作的美国气象学家、

朗缪尔

化学家——获得 14 项发明专利的文辛特·约瑟夫·谢菲尔（1906—1993）。朗缪尔是一位在物理学、化学领域中都有许多杰出贡献的科学家，曾因为研究表面化学的成果等独享 1932 年诺贝尔化学奖。他十分理解久旱不雨时农民盼雨的心情，在年轻时就有实现人工降雨缓解旱情的伟大理想。他们通过研究发现，云中直径只有 10 微米左右的微小冰粒遇到冰核之后形成小冰晶，水汽在冰晶表面凝结，小冰晶就形成雪花，许多雪花形成雪片，当雪片达到一定质量的时候，就下降成雪。如果雪在下降过程中与云碰撞，就形成冰雹。如果雪片下落到温度高

于 0℃的暖区就会熔化为水滴，下起雨来。

弄清了雨的成因之后，他俩就在 1946 年 7 月一个炎热的日子做起试验来。谢菲尔在制冷器里放上了少许各种试验材料之后，就注视着他所期待的结果。后来，朋友提醒他去吃午饭，谢菲尔高兴地同他去了。临走的时候，他照例让制冷器的盖子朝上——冷空气下沉，就不会从制冷器里跑掉。

午饭后，谢菲尔又继续开始进行试验。此时他看了一下制冷器的温度，意外地发现比干冰的晶体继续保持固态的温度高了一点。因为正值夏天，这个"高了一点"并没有引起他的注意。

此时，谢菲尔有两种选择：盖上盖子，让它自己降到原来的温度；或是投入干冰迅速制止继续升温——干冰很冷。当他在往制冷器内投入干冰的时候，碰巧呼出了一大口气。霎时，奇迹就展现在他眼前：在少量射入制冷器的光线内，他看到呼出的气中有某种细小的碎片。他立即明白它们是冰的晶体，也偶然实现了自己的愿望——制出了雪的晶体。这不是用一些附加的内核掺到潮气中去，而是呼出的气吹进了制冷器，并且加入干冰。如此制出的冰的晶体，变成了一些小小的雪花飘落到实验室的地板上……

1946 年 11 月寒冷的一天，谢菲尔驾驶着一架飞机，在 9 千米的高空将 207 千克干冰撒入茫茫云海。大约半小时之后，狂风骤起，随后倾盆大雨从天而降……

当谢菲尔返回地面的时候，朗缪尔向他狂奔过去高声叫喊："你创造了历史！"

就这样，人类的第一次"呼风唤雨"，在朗缪尔和谢菲尔抓住试验中的机遇之后，获得成功，青年朗缪尔的理想也变成了现实。

也有人认为朗缪尔不是第一个"呼风唤雨"的人。早在公元前一世纪，古希腊历史学家、文学家普卢塔克（46—120 或 127），就曾指出过战争后常下雨。后来人们就揣测，是不是战争中的嘈杂声能催云制雨呢？为此，美国国会曾在 1890 年拨款 1 万美元，在云中进行爆炸催云制雨的试验，但收效甚微。1930 年，荷兰的维拉尔特教授将 1.5 吨干冰颗粒用飞机从高于云顶 200 米的 2 500 米高空撒下，结果在 8 平方千米范围内降了雨。不过，当时他并不清楚其中的道理。直到 1933 年瑞典人

飞机"耕云播雨"

贝吉隆提出"冰水转化"和"冷云制雨"的理论之后，大家才弄明白。朗缪尔也是根据这一理论，并且也是用干冰人工降雨成功的；所以有人认为维拉尔特在 1930 年的这次试验，是人类的第一次人工降雨。

人工降雨还能控制天气。朗缪尔对此也做了研究，并取得成功——在暴风雨来临之前将天气控制住。要人工控制天气需要巨大的能量，所以人类至今还远不能阻止和消灭台风，控制大暴风雨。如今，人类已经能用改变云中微物理过程的办法，在局部地区人工降雨、人工消雹、人工消雾和人工消雷电，以及用人工方法在短时间内削弱台风中心的最大风速。这种短时影响局部天气有时还可达到较大规模。例如，美国在 1967—1972 年的侵越战争中，曾出动 2 600 架次飞机，进行以截断"胡志明小道"运输线为目的的人工降雨，造成山洪暴发和交通阻塞，其效果胜过常规轰炸，且不容易被对方发现。从这个例子可以看到人类影响天气的技术水平。当然，将科学成果用于侵略战争的目的，是受到世人谴责和可耻的，侵略战争也是注定会失败的。

人工降雨也可用于扑灭森林大火。1999 年 4 月初，山西文水县发生森林大火，4 月 8 日，有关部门发射炮弹和出动飞机播撒干冰实施人工降雨。4 小时的雨，将森林大火的明火全部扑灭。

1947 年，曾在 GE 与谢菲尔共事的年轻工人（后来成为大气科学家）伯纳德·冯内古特（1914—1997），在朗缪尔人工降雨研究成果的基础上，用碘化银代替干冰进行试验。最终发现效果更好——1 千克碘化银播撒到 1

发射火箭弹人工降雨

立方千米的云层中，就能让 1 000 万吨雨水下落。他还用这种方法成功地实现了人工降雪。当然，碘化银对各种生物都有害，所以不能用飞机喷洒，只能用炮弹发射。

第二次世界大战后的研究表明，人工影响云雾的物质大致有结晶剂、吸湿剂和带电微粒三类。其中结晶剂除了我们已经提到过的干冰和碘化银，还有间苯三酚、四氯乙醛、硫化亚铁、三氯化硅和氧化镁等。

在 20 世纪末，人工降雨又有新的发展。俄罗斯科学院列别杰夫物理研究所的波克罗夫斯基和斯托日科夫，在仔细分析了大量实验资料，详细研究了大气中带电粒子流对降雨形成和降雨强度的影响后，提出了在飞机上携带基本直线加速器，用它发出的电子束来实现人工降雨。这种方法，已获得俄罗斯联邦发明专利，余下的问题则是，如何完善、推广和应用。

用飞机播撒制冷剂驱雾

在世界各地都流行着在干旱时虔诚"祈雨"的习俗——有的是迷信活动，而且都声称百试不爽。然而，我们知道，降雨要具备"充足的水汽""上升气流""雨滴的凝结核"这三个条件，所以，这些"祈雨"和"降雨"之间，并没有必然的因果关系——如果他们偶尔也能让"天公被虔诚感动发慈悲"而降雨的话，那只不过是某些巧合。质疑，是科学精神的重要内容之一，在听到那些"神乎其神"的消息的时候，我们不妨也打上一个问号。

除了人工降雨，另一项"改变气候"的研究——驱雾也在不断地进行。驱雾的原理是，通过播撒制冷剂（通常用液态氮和干冰），使雾气凝结成小水滴落到地面，也有用人造风驱雾的。这两种方法只能是小范围的，且效果都不理想。有志于解决"雾霾天交通'停摆'难题"的读者朋友，您能破解这道难题吗？

"圣婴" 为何酿灾
——洛伦茨发现"蝴蝶效应"

洛伦茨

"该喝杯咖啡了。"1961 年冬的一天，在麻省理工学院的一间办公室里，疲惫不堪的气象学家爱德华·洛伦茨（1917—2008）长舒一口气，自言自语，"就让这个'倒霉蛋'去忙个不停吧！"

洛伦茨说的"倒霉蛋"是谁呢？是一台用真空管组成的"皇家马可比"电子计算机——虽然现在看来运算速度还不算快，但在当时已经是很了不起的了。洛仑兹把气候问题简化又简化，提炼出影响气候变化的少之又少的一些主要因素；然后运用牛顿运动定律，列出了表示温度与压力、压力与风速之间关系等的 12 个（一说 13 个）方程。他相信，运动定律为数学确定性架起了桥梁，这些联立方程可以用数值计算方法模拟气象变化。

"倒霉蛋"很快算出了一长段数据，并得出了一个天气变化的系列。为了核对运算结果，又为了节省点时间，洛伦茨把前一次计算值一半处得到的数据作为新的初始值输了进去，让"倒霉蛋"去忙。然后，他就下楼去喝咖啡了。

一个小时后，洛伦茨回到"倒霉蛋"旁。此时，一个"意想不到"使他目瞪口呆——新一轮计算数据与上一轮的数据相差如此之大，仅仅表示几个月的两组气象数据逐渐分道扬镳，最后竟然变成了两种类型的气候了！

本来想成为一个数学家的洛伦茨，有良好的数学修养，只是因爆发了第二次世界大战，才当了空军气象预报员，成了一位气象学家。出现这等怪事可能隐藏的机遇，他当然不会错过。

原因何在呢？开始，洛伦茨曾经想，可能是计算机真的"倒霉"——出故障了，但是他很快就悟出了真相：机器倒没"倒霉"——问题出在他输入的数据中。原来，计算机的存储器里存有6位小数——0.506 127。他为了在打印的时候省些地方只打出了前3位——0.506。他原本认为舍弃这只有1.27/10 000的后几位无关紧要，但结果却表明——这小小的误差却带来了巨大的"灾难"。

为了仔细看这两组气象数据是如何具体分道扬镳的，洛伦兹把两次输出的变化曲线打印在两张透明纸片上，然后把它们重叠在

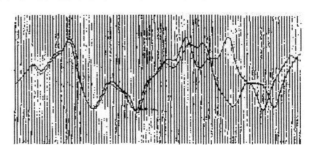

开始两条曲线"亲密无间"，后来"分道扬镳"

一起进行比较。"啊，原来如此！""丈二和尚"一下子就"摸着头脑"了：开始的时候，两个隆峰还重叠得很好，但到第3个和第4个隆峰，就完全乱套了。

这就是谁也不会有异议的"差之毫厘，失之千里"。著名的美国数学家维纳（1894—1964）就持这种观点：

丢了一个钉子，坏了一只蹄铁；

坏了一只蹄铁，折了一匹战马；

折了一匹战马，伤了一位骑士；

伤了一位骑士，输了一场战争；

输了一场战争，亡了一个帝国。

据说，这是一首从 1620 年开始在英国流行的摇篮曲。它起源于英国国王理查三世（1452—1485，1483—1485 在位）于 1485 年在波斯沃斯战役中，被里奇蒙德的亨利伯爵（原名亨利·都铎——Henry Tudor，1457—1509）——后来成为英国国王亨利七世（1485—1509 在位）打败而逊位的故事。这个故事的末尾是，理查三世的马掌掉了，跌翻在地的战马把他掀在地上，被亨利七世的士兵俘获。他的同胞莎士比亚（1564—1616）用"马，马，一马失社稷"的名句让这一战役永载史册。

由此可见，事物因为逐级放大，导致了严重的后果。

根据这一发现，洛伦茨在 1963 年的一次美国科学促进会上做了如下讲演："一只蝴蝶在巴西扇动翅膀，会在美国德克萨斯引起龙卷风……"这真是像北宋大文学家苏轼（1037—1101）的诗描绘的那样："竹中一滴曹溪水，涨起西江十八滩。"洛伦茨之所以用蝴蝶来比喻，是因为计算机的数据图像蝴蝶展开的翅膀。

蝴蝶在巴西扇动翅膀在美国引起龙卷风

"蝴蝶效应"这一科学比喻也就由此而产生，并成为 20 世纪 70 年代研究混沌理论（Chaos Theory）的基本概念和引以为豪的例证。格雷易克在他的《混沌》一书中，在提到蝴蝶效应的时候也说："北京的一只蝴蝶摆动翅膀扇动的空气，可能在下个月改变纽约的风暴系统。"

后来，蝴蝶效应被称为"对初始条件的敏感依赖性"，成为现代科学中的一个重要观点。特别是随着计算机技术应用的不断发展，当人们已能对复杂事物的变化用计算机来模拟的时候，所产生的影响更

电脑模拟洛伦茨提出的蝴蝶效应

为明显——往往初始条件中一些不为人注意的极细微变化，其结果却会大相径庭，甚至令人瞠目结舌。

基于这种认识，洛伦茨就把气候问题丢在一边，专心致力于在更简单的系统中去寻找产生复杂行为的模式。他抓住了影响气候变化的重要过程——大气的对流。受热的气体或液体会上升，这种运动就是对流。烈日烘烤着大地，使地面附近的空气受热而上升；升到高空的空气放热变冷后，又会从侧面下降。雷雨云就是通过空气的对流形成的。

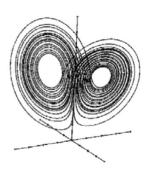

曲线不重复地绕两叶回转的洛伦茨吸引子

1963 年，洛伦茨在《气象科学杂志》20 卷第 2 期上发表了题为《确定性非周期流》的论文。用文中列出的方程组绘制的曲线，就像一只是有两翼翅膀的蝴蝶——一个曲线不重复地绕两叶回转的"洛伦茨吸引子"。对这类现象，美国物理学家费根鲍姆（Mitchell Feigenbaum）感慨万千地写道："大地充满了美，引人入胜。看你是什么职业，你就如何理解。"

蝴蝶效应在各领域都有。

在天气现象中，蝴蝶效应屡见不鲜。例如，发生在 1982—1983 年的那次"厄尔尼诺（现象）"，使 1 000 多人死亡，直接经济损失超过 83 亿美元。其实，这种灾难性气候的"罪魁"并不是什么巨大的能量——科学家们的研究证实，它不过是起源于赤道附近海面温度的微小变化，通过逐级放大而最后形成一种影响全球气候的天气模式。

狭义的厄尔尼诺，是指南美洲西岸、赤道附近的太平洋东部和中部范围内的海水温度增高的现象；而广义的厄尔尼诺还应加上那一带大气环流也发生异常变化的现象。在 20 世纪 70 年代之前，它的活动期在一年以上，多以 4～5 年一个周期出现。由于它引起灾害最严重的时间多数是在圣诞节前后，而在西班牙语中，其意为"耶稣之子""圣诞之子"或"圣婴"——原文为"EL－NINO"，所以音译为厄尔尼诺。

厄尔尼诺的发现已有 100 多年的记载。最近 30 年来，随着全球气候变暖，厄尔尼诺出现得越来越频繁（周期缩短到 8～9 个月），且危害性也越来越大——好像一把达摩克利斯之剑悬在世界头上。20 世纪最厉害的一次发生在 1997—1998 年，在 1998 年 8 月结束。它使英国的年平均气温升高创下了 1640 年以来的最高纪录。

事物总具多面性——厄尔尼诺有时也会带来一定的好处。它带来的暖冬，对农业生产、水资源分配及人体健康都有一定好处。它引起的气温升高会引起植物猛长，而植物光合作用又会吸收二氧化碳，这就使大气中的二氧化碳含量减少，从而减弱温室效应。

有关厄尔尼诺还有许多未解之谜。对它是如何形成的，使海水温度增高的巨大热源在哪里等问题，一些科学家认为来自海底火山爆发或地心的热，但都拿不出令人信服的证据。它有没有自身的规律，周期长短受什么制约，发生、发展、消衰和强度有哪些典型信号和迹象？由于厄尔尼诺发生范围大、时间长，给我们的监视、监测带来了极大困难。那么，如何选监测点对其进行有效预报？这些问题正在引起众多科学家们的关注。

可喜的是，一些国家的科学家们宣称，经过在 20 世纪末的 10 年研究，已经掌握了预报厄尔尼诺的方法。美国科罗拉多大学的韦伯斯教授说，一种新的远期气象预报模型可以帮助农民及时改变生产结构，避免或减少旱涝灾害所造成的损失。

在 2005 年 8 月 25 日登陆美国佛罗里达州的卡特里娜飓风在 8 月 29 日的环状

厄尔尼诺还有一个不能不提及的姐妹——"拉尼娜"或"拉尼尼亚"，意译为"仙姑（现象）"。"仙姑"呈现为不正常的低温气流，所以又称为"反厄尔尼诺（现象）"。"仙姑"曾在1998年的厄尔尼诺结束后接踵而来，使这一年秋冬海水温度偏低，美国和秘鲁发生干旱，大西洋的飓风更加活跃，澳大利亚东部大发洪水。2008年春节前后，世界上最近半个世纪以来未遇的极端严寒，"嫌疑罪魁"就是拉尼娜的低温。这次全球范围的拉尼娜从2007年10月开始，使东太平洋的赤道区域平均降温0.5℃，且持续半年以上。中国19个省、区、市许多送电设施被冰雪压塌后电力中断、无数回家过年者归途受阻等严重恶果，就由这次严寒引起。

在现实生活中，人们越来越深刻地认识到，无论是自然还是人类社会中，各种事物都有着千丝万缕的联系。一个微小的涟漪，很可能会引发轩然大波甚至惊涛裂岸。一个不确切的马路消息，可能使股市发生猛涨或狂跌。一句话不投机，可能会使二人从对骂转为刀枪相斗。一根火柴没有熄灭，将会酿成旷日持久的森林大火。一点二氧化碳的含量增高引起的"温室效应"，也会使南极冰川融化而海水水位升高，最终导致灾难性的后果。决策者也往往会因为忽略一点似乎无关紧要的信息和情报，导致整个战争的失败或生产、经营的灾难性亏损……

蝴蝶效应对人们的启示是深刻的。如何增强对过程的监控，把灾难消灭在萌芽状态，是我们必须面对的重大研究课题。在20世纪末，已经有70多个国家的气象学家联合起来，共同承担"全球长期天气预报"的研究课题，尽可能减轻包括厄尔尼诺在内的各种自然灾害给人类造成的损失。

蝴蝶效应还启发我们的人生——应该活得积极一点，从每一件"不起眼的小事"做起。

游雁荡山的发现
——险峰耸立源于流水侵蚀

"欲写龙湫难下笔，不游雁荡是虚生。"这是中国清代诗人江湜（shí）的诗。经过他这么一鼓吹，雁荡山（和它的龙湫瀑布）就更"身价百倍"了。

那么，雁荡山究竟有什么"不游"就"是虚生"的特色呢？这还得从9个世纪以前中国的一位科学家"云游四海"说起。

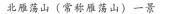

北雁荡山（常称雁荡山）一景　　　　南雁荡山一景

雁荡山在浙江东南，以瓯江为界分北雁荡山（通常称雁荡山，在乐清县东北）和南雁荡山（在平阳县东南）。灵峰、灵岩和大龙湫（瀑布）最为著名，俗称"雁荡三绝"。相传北雁荡山的山顶有荡，终年都不干涸，秋雁常在这里栖息，因此得名。

中国宋朝熙宁七年即 1074 年，北宋科学家沈括（1031—1095）在浙东察访的时候游览了北雁荡山。北雁荡山风景秀丽，并且多悬岩奇峰，有许多名胜。沈括被这里的美丽景色所吸引，就进行了详细的考察。在考察过程中，他偶然发现，这里的山峰与别处的山峰有所不同："予观雁荡诸峰，皆峭拔险怪，上耸千尺，穹崖巨谷，不类他山，皆包在诸谷中，自岭外望之都无所见，至谷中则森然干霄。"由此可见，他发现了这里的山峰坐落在谷地当中，四面被山包围着，因此在山的外面见不到这些山峰，可一进谷地，则群峰耸立，峭拔险怪，直冲云霄。

沈括对这种奇特的地形地貌进行了仔细观察之后，以惊人的洞察力判断出这些山峰的形成原因是："谷中大水冲激，沙土尽去，唯巨石岿然挺立耳。"这就是说，他已经明确地认识到这种奇特的景观是流水侵蚀作用造成的，就像大小龙湫、初月谷、水帘等处，该山的洞穴"皆是水凿之穴"一样。在这里，沈括明确创立了"流水侵蚀"这一新概念：在土质较为疏松的地段，流水将沙土冲走，使地面下切成山岭和深谷；在某些下切不均匀处的河段形成瀑布；而渗入地下的水在汇集成地下水流的时候同样有侵蚀作用而形成洞穴。

不仅如此，沈括还用流水侵蚀概念进行推理。回想以前在山区游览的时候，他曾看见在沟壑中常有直立的土和带有凹坑的岩石，其成因也多是流水作用造成的："世间沟壑中，水凿之处皆有植土龛岩，亦此类耳。"此外，他还联系黄土

纪念沈括邮票：中国 1962 年 12 月 1 日发行

高原的地貌特点——沟壑中常有直立的黄土沟壁高达百尺，分析其成因和雁荡山一样。只不过这里规模小些，且是黄土；而雁荡山规模大，是岩石罢了。他说："今成皋（即今河南荥阳西南）、陕西大涧中，立土动及百尺，迥然耸立，亦雁荡山具体而微者，但此土彼石耳。"

以上记述于沈括《梦溪笔谈》中的资料，清楚地表明他通过偶然发现的雁荡山奇峰之后，抓住机遇考察了它们的成因，最后正确地概括出了流水侵蚀的一般规律性：只要有流水的地区，不论是哪种岩性，都要受到流水侵蚀。

在中国古代，虽然有"高山为谷，深谷为陵"的说法，但在沈括以前，一般都说得不够具体，也没有科学地阐明成因。沈括的创新研究则迈出了一大步——使大家开始对流水侵蚀作用有比较系统的理论认识。在西欧，直到18世纪末，英国地质学家赫顿（1726—1797）在他所著的《地球的理论》一书中，才有类似的认识——这比较沈括已晚了约700年。

沈括是中国古代的一位伟大的科学家，他还在数学、天文、物理、医药等许多领域有重大的贡献。对此，日本数学家三上义夫（1875—1950）在《中国算学的特色》一文中评价说："中国的数学家，像沈括那样的多艺多能，实不多见，不用说在日本，就是在世界数学史上也没有发现他那样的人物。"

为了纪念沈括对科学的重大贡献，中国还发行了关于他的邮票，其中一枚就是地质方面的。